継母

藍川京

幻冬舎アウトロー文庫

継母

継母　目次

第一章　蜜壺への侵入者

1

「あら……」

エレベーターのドアに《点検中》の札がかかっている。

もう一機の方も同じだ。

エレベーターの点検は先週だったような気がする。それに、住人に迷惑がかからないようにと、これまで二機とも同時に止まることはなかった。

エレベーターの点検やゴミ収集日などは、事前に回覧板がわりのケーブルテレビで知ることができる。マンションの管理人室から放映される知らせが、朝から夕方まで連日テレビで見られるようになっているのだ。

「変ね……」

二十階の最上階に住む澄絵は、まだ非常階段を使ったことはない。それでも、いつ終わるかわからない点検を待っているわけにはいかない。

夕方五時から、丹沢法律事務所のオープンパーティがひらかれる。

澄絵は、服部が勤めていた蓮沼総合法律事務所所長の、蓮沼勇一郎の妻として招待されている。

半年前まで澄絵は青木姓で蓮沼総合法律事務所に勤めていたスタッフのひとりだった。所長夫人になってまだ半年だ。

二十六歳の澄絵は、四十八歳の勇一郎の後妻として迎えられた。病弱だった前妻の三回忌が終わったとき、プロポーズされた。二十二歳も年は離れているが、事務所に就職したときから勇一郎の人柄に惹《ひ》かれていたので、ためらいはなかった。

今は週に二、三度、半日ほど事務所に顔を出し、経理関係を手伝っている。

パーティのひらかれる五時にはまだ時間がある。だが、さきほど電話があり、迎えの車を寄越しますからと言われた。

その車が到着するのが意外と早い。

丹沢様の奥様がゆっくりお話ししたいとおっしゃっていますのでと、使用人だろうか、聞き覚えのない男の声で言われた。そういえば、もうずいぶんと丹沢の妻とは会っていない。

下で待っていていただけますか、とも言われた。

「困ったわ」

エレベーターが動かないからといって、ぼんやり待っているわけにはいかない。下から階段を上がってくるのは無理でも、降りるのなら何とかなるかもしれない。

白地の綸子《りんず》に朱の椿を散らした付け下げ。扇子をあしらった白地の帯。

きょうの澄絵は和服だった。

ハイヒールで階段を降りるより、草履《ぞうり》の方がずっと楽かもしれない……などと自分に言い聞かせた澄絵は、非常階段を使うことにした。

非常階段はエレベーターを挟んだ西側と東側の両方にある。防犯防火などの安全設備に力を入れて建てられているこのマンションは、ほかより値段が高いだけ、十分なゆとりをもって設計されていた。

部屋に近い方の、東側の非常階段のドアをあけた。そこは、別の建物ではないかと思えるほど寒々しい空間で、コンクリートの壁が剝《む》き出しになっている。立っているだけで不安になりそうな無味乾燥の世界だ。

すぐ下の踊り場に、作業道具を入れた鞄《かばん》や工具らしいものが散らばっている。

澄絵は首をかしげた。

「ちょっと奥さん、足元、気をつけて」

頭の上から割れた声が反響し、澄絵はびくりとした。

「どうしたんですか、奥さん」

「エレベーターが両方とも点検中で……」

「階段を使うつもりですか。ここからじゃ大変ですね。そのまま動かないでください。すぐに片づけますから」

作業着を着た男がふたり、屋上に出るドアの手前にいた。

住人が屋上に出られるのは緊急のときだけで、ノブに力を入れてぐいっと動かさなければならない。いたずらに動かせば、管理人室に通報が入り、警察や消防署に連絡が入ることになっている。

「屋上で何か工事ですか」

「ええ、まあ」

澄絵の部屋が最上階なので、この上は屋上しかない。けれど、工事をしている屋上ではなく、二十階と十九階の間の踊り場に道具が散乱している矛盾には気づかなかった。

マンション玄関はオートドアで、外部からの勝手な侵入はできない。ときおりセールスの者が、住人といっしょにドアが閉まらないうちに入ってくることもある。けれど、作業服姿の男達だけに、澄絵は疑いすら持たなかった。

ふたりの男が階段を降りてきた。

「道を塞《ふさ》いですみませんね、奥さん」

背の高い唇の薄い男が十九階への階段を降りはじめたとき、もうひとりの小太りの男は、いま澄絵が入ってきたドアから出ていき、すぐに戻ってきた。

その手に、エレベーターのドアにかけてあった《点検中》の札が握られているのに気づく間もなかった。

八段下の踊り場にいた男が駆け上がってくるのに気をとられた瞬間、小太りの男が澄絵の口に素早く布片を押しこんだ。

「む……」

澄絵の手が空《くう》を掻《か》いた。

布片が押し出されないように、その上から猿轡《さるぐつわ》を塡《は》めた男は、澄絵を羽交締《はがいじ》めにした。背の高い男は下半身を持ち上げた。

澄絵はあっという間に、屋上に出るドアの前の踊り場まで運ばれていた。

「へへ、蓮沼の美しい若奥様が着物とはな。なかなか似合ってますよ。洋服のときよりぞくっとする色気があっていいもんだ」

頭の方にいる小太りの男、末崎が、薄い唇を歪《ゆが》めた。

（なぜ私の名前を知っているの？）

澄絵はあがきながら不可解でならなかった。

コンクリートには敷物が敷いてある。ふたりが用意したものだ。澄絵はそこに下ろされた。

足元の背の高い男が舌舐《したな》めずりした。

厚めのレジャーシートはマンション最上部の一畳ほどの踊り場と、澄絵が入ってきたドアまでの八段に敷かれていた。

激しく抵抗を試みても、着物に包まれた躰《からだ》は洋服のときのようには自由に動かせない。とくに脚は、湯文字と長襦袢《ながじゅばん》と着物の三点で丁寧に包まれている。

「きょうはその上品な口でしゃぶってもらえないのは残念だが、奥さんのオマ×コでイケると思うと、ムスコがズクズクしてたまんねェぜ」

足元の志々目が狡猾《こうかつ》そうな目を細めた。

猿轡をされ、声を出せずに怯《おび》えた目を見ひらいている若妻。ふだんは艶《つや》やかな肌から血の気が失せているものの、その青白い肌にはじっとりと汗が滲《にじ》んでいた。眉間に寄った澄絵の皺《しわ》が深いだけに、獲物を手にしたオスの悦《よろこ》びは大きかった。

遠くからは何度も観察し、二、三メートル近くまで近寄ったこともあったが、こうやって押えこんで間近に見てみると、思っていた以上の女だ。

弓形の眉の線が美しい。睫毛《まつげ》が長く、すっと通った鼻筋はいかにも理知的だ。猿轡で口は隠れているが、口角の涼しげな品のある唇をしているのはわかっている。

洋服のときは前髪を薄く内巻きにして額を隠し、肩下までの柔らかいウェーブのかかったセクシーな髪型だ。それが、こうして和服のために額をすっかり出してアップにしていると、またちがった感じの女になり、しっとりして色っぽい。

美人というだけでなく、蓮沼総合法律事務所所長の妻にふさわしいだけの技量を持っている女にちがいない。勇一郎は上辺《うわべ》だけで女を選ぶとは思えない男だ。

白い襟元《えりもと》から覗《のぞ》いているほっそりした首筋はきめ細かく、指でも押しつけようものなら、たちまち鬱血《うっけつ》して斑点をつくってしまいそうな感じだ。

押えこんでいる腕の片方は袖口がまくれ上がり、絹のような二の腕が剝き出しになっている。今にも腋窩《えきか》が覗きそうな腕は、ノースリーブから出ている腕より何倍もエロティックな眺めだ。

「パーティに遅れないように、さっさと可愛がってやる。迎えの車は都合が悪くなったらしいぜ」

クッと笑った男に、澄絵は仕組まれた罠《わな》に気づいた。エレベーターの点検を装ったのも、早めに迎えの車を寄越すと電話してきたのもこの男達なのだ。

(どうして?)

そう思ったとき、ひやりとした空気が、胸元とふくらはぎをほとんど同時に舐めた。頭の男に胸元を左右にひらかれ、足元の男には、長襦袢や湯文字ごと着物をまくり上げられたのだ。

「うぐ……」

澄絵は細い首が折れそうなほど激しく左右に振り立てた。

軽薄な笑いを浮かべた男の視線が見おろしている。冷え冷えとした場所にいながら、総身から新たな汗が噴き出した。鼓動は破れんばかりに高鳴り、口を塞がれているため、苦しいほどの荒い息が鼻から洩《も》れた。

非常階段とはいえ、いざというときの足元を守るために明るい照明はついている。その光の下で剝かれた乳房は、裏ごしに裏ごしを重ねて作られた白餡《しろあん》のように繊細だ。無理に襟元をひらかれたために、剝き出しの乳房は中心に向かって絞られ、谷間をなくしてくっつき合っている。

「いいオッパイだ」

抗《あらが》いを見せるか弱い腕を片手で難なく押えつけた小太りの末崎は、顔を伏せて乳首をぱっくり口に入れた。

「うぐ……」

甘い体臭をまき散らしながら、澄絵は喉をのけぞらせ、目を剝いた。

足元の背の高い志々目は、澄絵が身につけているものを膝《ひざ》のやや上までは容易にまくり上げたものの、そのあと目的の秘園まで剝き上げることができずに舌打ちした。

一枚ずつ剝《は》いでいけば簡単なものを、一気に剝いでしまおうとするとかえって厄介な、竹の子やとうもろこしの皮に似ていた。着物と長襦袢と湯文字が重なり合って、堅くてまくれない。

半分剝き上げているため、白いすべすべの太腿《ふともも》がわずかにちらちらしている。裾《すそ》をまくったときに漂い出た体臭が鼻をくすぐっただけに、興奮は大きかった。昂《たか》ぶっているだけにもどかしい。ご馳走《ちそう》を前にしてお預けをくっている腹をすかした犬のようなものだ。

「クソッ！」

すでに乳首は末崎が口のなかに入れ、うまそうに味わっている。それにちらりと目をやった志々目は、いっそう力を入れて剝き上げようとした。

しかし、このまま女芯まで剝きあげても、腹部が着物でごわごわし、結合にまで持っていくのは難しいだろう。たとえ肉棒を挿入できたとしても抽送となるとどうか。

着物の女の裾をまくり上げ、そのまま行為に及んだことは何度もある。だが、こうやって力ずくで犯《や》るとなるとなかなか思うようにいかない。山ほど女を知っているだけに、きっちりした着付けのせいかもしれないと、彼はまた舌打ちした。

「おい、ケツを持ち上げてくれ。ちょっと厄介なんだ」

舌で舐めまわし、吸い上げ、堅くしこっている乳首の感触を楽しんでいた末崎が顔を上げた。唾液で唇がべっとり濡《ぬ》れている。

「なんだ、まだムキムキも終わってないのか。ベテランがいったいどうした」

クッと笑った末崎が、ハイヨと両腋《りょうわき》の下に手を入れ、ぐいっと半身を持ち上げた。即座に下の男が、澄絵の躰の下に敷かれていた着物を、尻の向こう側に存分に押しやった。そうなれば、腰に重なっていたあとの前身頃をまくり上げるのはたやすかった。

「ぐぐぐ……」

腿の付け根まで空気に嬲《なぶ》られた澄絵は、総身をくねらせ、激しい抵抗を試みた。

帯を境にすべてがまくれ上がってしまうと、縮れた翳《かげ》りを透かしたシルクの薄いパンティも丸見えになった。

「奥さん、着物のときはノーパンにしな。オシッコしたくなったらどうするんだ。着物まくってパンティ下ろすってわけか。これはいけねェな。興醒《きょうざ》めじゃないか」

白いシルクのパンティを毟《むし》り取ろうとした男は、思い直してパンティの上から秘部をさすった。

「んぐ……」

汗で湿っている鼠蹊部《そけいぶ》がピンと硬直した。

透けている恥毛は黒々としているが、パンティに押えられているためにそう見えるだけで、裸にしてしまえば案外薄く柔らかい翳りのはずだ。

「下半身を階段の方に下ろすぞ。手伝ってくれ」

乳房に顔を埋《うず》め、チュブッとときおり乳首を吸い上げる淫猥《いんわい》な音をさせている末崎が、また動きをとめた。

「ん？　今度は何だ」

「オマ×コ観察をやりやすいようにしたいのさ」

澄絵は尻から下を階段に沿って下ろされ、下半身が斜めになった。

足袋《たび》を履いている澄絵の白い脚を割って躰を入れた志々目は中段に膝をつき、躰を倒した。ちょうど頭が女園に来る位置だった。

澄絵は脚を閉じようと志々目の躰を挟み上げ、無駄な抗いを続けた。抗うほど、汗混じりのオスを惹きつけるメスのエキスが漂うのも知らず、澄絵は尻を右に左に、ときには浮かすように色っぽく振りたくって志々目を悦ばせた。

「たっぷりおツユを出せよ」

薄いパンティの上に指を当て、上から下にスリットを辿《たど》った。

「んん！」

腰がピクッと跳ねた。

ねっちりしている。汗で湿っているだけでなく、乳首を弄《もてあそ》ばれていることで濡れているのかもしれない。

スリット上部の小さな突起をシコシコと摩擦した。

「ぐぐ、むぐ……」

腰をビクッビクッとさせる澄絵の体温が急上昇していくのが、たった一本の指先から伝わってくる。やわらかかった肉のマメが、膨らんでコリコリしてきた。

女芯から愛液が滲み出し、丸く染みを広げていった。その染みの中心に指を下げてクイッと押した。女壺に向かってパンティごと指が入りこんだ。相当ぬめっている。

歪んだ笑いを浮かべた志々目は、パンティの脇から指をこじ入れた。

「う……」

左右にくねる腰は志々目にとってはイヤイヤではなく、誘惑の動きでしかない。いま、パンティから指をこじ入れたことで、隠れていた茂みがそこからわずかにはみ出し、ますますいやらしい風情になった。

秘裂の合わせ目に指を押しこんだ。ねっとりした蜜液が潤滑油になって、膣襞《ちつひだ》を押し分け、すっと奥まで入りこんだ。

「んぐう……」

澄絵が目を剝いた。

指を止めると、指は肉襞にギュッと締めつけられた。

まといつくような肉襞の感触に、指一本でこうなら、剛直を押しこんだときはどんな快感がよぎるのだろうと、志々目の股間はいきり立った。

帯をしたまま剝かれ、染みだらけのパンティの脇から指を入れて揉みしだかれる澄絵は、屈辱に頭が真っ白になった。あまりの破廉恥さに気が遠くなりそうになる。すると、レジャーシートごしに伝わってくるコンクリートの冷たさに、残酷にも現実に戻される。

女の哀《かな》しさか、こんなときでさえ、昴まりがじんわりと押し寄せている。

白い足袋の指先が天井を向いたかと思うと力をなくし、またピンと上を向く。それを繰り返すしかなかった。

「そろそろ犯った方がいいんじゃないか。奥様にもこれからの大切な時間ってもんがあるだろうしな」

乳房から顔を上げた末崎が、指で秘芯をいじりまわしている志々目を眺めた。

「弁護士夫人にパンティを穿《は》かせたまま、こうやっていじくりまわすというのもなかなかいいもんだぞ。控え目なオケケがパンティからはみ出してるぜ。それに、ほら、欲しい欲しいとオマ×コが催促しだしたぞ」

指の出し入れのたびにクチュクチュと淫らな音がするようになっている。

(ああ、いや……やめて……)

乱れた姿を眺められていることを思うと、羞恥に死にたくなる。

結婚してまだ半年にしかならない。二十五歳のときだったので処女ではなかったが、夫以外にたったひとりの異性しか知らない。それだけに、野蛮な男達から受けている辱《はずかし》めは、澄絵の心までも切り刻んだ。

「蓮沼弁護士のチ×ポコが納まるオマ×コに、俺のでかいやつを入れさせてもらうぜ」

志々目は染みの広がったシルクのパンティを引きおろした。

脚がひらいているぶん、秘貝も二枚の舌を左右に広げている。ぷっくりした肉舌は、白い細やかな肌に似て清楚なピンク色だ。だが、いかにも肉茎に巻きついてきそうな大きめの舌だった。

クリトリスは包皮から顔を出しているが、大きな花びらに比べると普通サイズだ。それらが蜜でねっとりとなり、柔肉付近の淡い恥毛まで濡らしていた。

見ようによっては滑稽な人の顔に見える生殖器。その唾液で濡れているような口の部分の女壺に、志々目は肉柱をつけた。

「へへっ」

細い肩先を押えこんだ末崎は、弁護士夫人が貫かれるのを見物することにした。

首を振り立てるたび、きれいにまとめあげられていた澄絵の髪はほつれていき、こめかみや額に幾本も落ち、汗でへばりついていた。

怯えた目と乱れた髪、無理に剝かれた着物。それらが男達の目を楽しませた。

「咥《くわ》えな」

志々目の腰が突き出され、黒光りしていた太い肉杭が、合わせ目を突き刺した。

「ぐ……」

志々目の肉棒は、澄絵のまだ知らない太さだった。その杭が肉襞を押し広げて子宮頸に辿りつくまで、澄絵は息をするのを忘れていた。

「締まる。上等だ。安心したぜ」

末崎ににやりとしてみせた志々目は、さっそく腰を動かしはじめた。

口に押しこまれている布は唾液でびしょびしょだ。それを押えている猿轡まで、大きな染みをつくって濡れていた。

(ああ、あなた……)

目を閉じると勇一郎が浮かび、涙が溢《あふ》れた。

激しい抽送に、粘膜に痛みを感じた。クリトリスや花びらが抜き差しのたびに揉みしだかれ、ヴァギナの痛みと裏腹に、指でこっそり弄ぶときのように昂まってきた。

心を無視して訪れようとしている快感を断ち切ろうと、澄絵は抽送を阻止するように、精いっぱい腰を左右に動かした。肉柱がまっすぐ子宮頸に届かず、亀頭は肉襞にぶつかった。

だが、剛棒はそんな抵抗などものともせず、次にはきっちりと子宮頸にはまりこんだ。

「さっさとイキな」

獣の目をした志々目が、ラストスパートのような激しい抜き差しに突入した。


どうやって非常階段から部屋まで戻ってきたのか、澄絵はまったく覚えていなかった。

最上階の部屋はメゾネットタイプになっており、贅沢《ぜいたく》に二戸しかない。もう一戸の住人は出かけていることが多く、滅多に会うことはない。それさえ男達は調べていたような気がする。

狼達に帯を解《ほど》かれなかったとはいえ、せっかくセットしてもらった髪はすっかりほつれ、着物も着付けなおさなければ出かけられるはずがなかった。

ふたりに交代で汚された躰と、最後に男の言った言葉が澄絵を奈落の底に突き落としていた。

『口外無用だぜ。ダンナに一生病院暮しをさせたくなかったらな。いや、命があれば幸いってもんだ。事故に見せかけた殺しってのもあるんだ。金さえ出せばやってくれる奴がいる。事務所を燃やすってのもいいな』

夫の身の危険だけでなく、結婚半年でズタズタに汚された躰を思うと、それを口にすることなどできそうになかった。

背の高い方の男が、腕のいい弁護士で通っている勇一郎に民事訴訟の弁護を頼んだが断わられ、果ては敗訴した。その腹いせに相手を傷つけ、刑事事件に発展したらしい。すべては最初の弁護を断わった勇一郎のせいだと、逆恨みしているらしいというのが、言葉の端々《はしばし》からわかった。

勇一郎でなくても、あんなヤクザな男の弁護など避けたいと思うにちがいない。しかし、そんな短気で危険な男だけに、勇一郎が傷つけられる不安を身近に感じた。

(どうしたらいいの)

今まで何度もレイプ事件の裁判を見てきた。もし訴えれば、どういうふうにレイプされたか、こと細かに知られることになる。

これまでは、どんなに辛くても泣き寝入りなどしてはいけないと女達に言いたい気持ちが強かった。それなのに、自分の身に起こってみると、そんな勇気はなかった。まして、夫を弁護士に持つ身だけに、それが勇一郎の仲間に知られると思うと、自分も知っている者達だけにいたたまれなかった。

疼《うず》く秘芯に顔をしかめながら和室で帯を解いた。着物を脱いで衣紋《えもん》掛《か》けに掛けると、脱衣場で残りを脱いだ。

男達によって汚《けが》された躰をいっときも早く洗い流したかった。

2

以前、勇一郎の事務所で働いていた弁護士のひとりが独立して事務所びらきのパーティをすることを、澄絵の継子《ままこ》である二十一歳の徹は一カ月も前から聞いていた。

徹は勇一郎の実の息子ということもあり、実家であるこの高層マンションの合鍵を渡されていた。

鍵穴にキーを差しこむとき、徹の期待は最高潮に達していた。

一カ月前、ふたりの留守を知った日から、彼はこっそり忍びこもうと思っていた。いつでも歓迎される部屋に、わざわざ泥棒猫のようにやってきたのは、美しい継母の下着に誘惑されているためだ。

この半年、何度かそうやって部屋に入りこみ、二度、洗濯機のなかの小さなパンティを拝借した。

綺麗好きの澄絵は朝早く洗濯機をまわして干してしまうので、淫靡《いんび》な体臭の残るインナーを手にできる確率はほとんどなかった。紛失に気づいているとしても、風に飛ばされてしまったのだろう、ぐらいにしか思っていないだろう。

まじめすぎる勇一郎とちがい、徹は十五歳で女を知った。スポーツマンの徹は昔からもてたし、今もセックスの相手には困らない。だが、そんな徹も、継母だけにはすっかり骨抜きにされていた。澄絵はほかの女とはちがう人種のようにさえ思えた。

玄関に入ると、しっとりした香色の草履《ぞうり》が珍しく向こう向きに不揃いに脱ぎ捨てられている。脱ぎ捨てるという言葉がぴったりする乱雑さだ。

（こんなこともあるのか……）

きちんとしている澄絵らしくないが、急にほかの草履に履きかえ、慌《あわ》てて出て行ったのかもしれない。

まっすぐに、インナーの入っているウォークイン・クロゼットのある夫婦の寝室に行こうとしたとき、風呂場で水音がした。

びくりとした徹は、泥棒かと足音を忍ばせた。

シャワーの音がする。

(もしかして、継母《かあ》さんか……)

玄関の草履のことを思い、徹は乱れる鼓動をなだめながら、脱衣場をわずかにひらいた。

脱衣籠《かご》のいちばん上に湯文字らしいものと足袋、博多織の伊達締《だてじ》めなどが乗っている。

シャワーの音は続いている。澄絵が風呂に入っているのはまちがいない。スポーツで鍛えている徹も、呼吸が乱れ、深い鼻息が洩れた。

すぐに出てくるのか、まだ入ったばかりなのか想像できなかった。だが、手を伸ばせば届くところに、まだ体温の残っているかもしれない湯文字がある。それを放っておくほど徹は淡泊ではなかったし、継母に興味を持ちすぎていた。

たったいま入ったばかりの方に賭けようと、徹は湯文字を取って脱衣場のドアを閉めた。

息苦しいほど興奮していた。

湯文字は腰を覆うものだ。たとえその下にパンティを履いていたとしても、太腿やウエストあたりの肌に直接触れていたはずだ。折り畳まれていたまま抱きしめ、頬に擦《こす》りつけた。

次に大きく息を吸いこんだ。

何やら妖しい匂いがする。女の匂いだけではないようだ。精液の匂いが混じっているような気がした。だが、そんなはずはないと、急いで木綿の湯文字を広げた。

「あ……」

おそらく尻の部分だろう。染みが広がっている。まだ濡れているのだ。鼻をつけて嗅《か》ぐと、愛液らしかった。

徹は肩で喘《あえ》いだ。

それを持って逃げ出したい衝動を抑え、もとのように簡単に四角く畳んで脱衣籠に戻した。同時にシャワーの音がやんだ。

玄関に引き返したものの、このまま帰るべきかと迷った。湯上がりの澄絵を見たくてならない。澄絵はたったいままでオナニーでもしていたのだろうか。徹の肉棒はズボンを押していた。

また脱衣場の前まで戻り、なかに耳をそばだてた。しばらくして風呂から出てきた気配がした。

ドア一枚隔てて裸の澄絵が立っている。そう想像しただけでドアをあけたくてならなかった。

徹は深呼吸し、ドアを叩いた。

「誰かいる？ いるのか？ 返事しないと、たったいま警察を呼ぶぞ」

「待って！ 徹さん！ 入らないで。私よ」

慌てている澄絵の声が戻ってきた。裸で戸惑っている継母を思うと、頭がおかしくなりそうだ。

「玄関の鍵がかかってなかったんだ。てっきり泥棒かと思った。ほっとしたよ。リビングにいるから」

乱れた鼓動が鎮まるように祈りながら、徹はリビングに向かった。行きがけに襖《ふすま》のあいている和室を覗くと、椿をあしらった着物がかかっていた。

髪を洗った澄絵がタオルを巻き、長襦袢を羽織って出てきた。裸で出てくるわけにはいかず、タオルを腰に巻いて出てくるわけにもいかなかったのだ。

「びっくりしたわ」

澄絵は徹をちらりと見ると、うつむくようにして言った。

息子とはいえ、たった五つしか年が離れていない。わずか五年前、澄絵もいまの徹と同じ年だった。それに、柔道や空手で躰を鍛えているだけに、父親より、よほど骨格がしっかりしている。いつ結婚して父親になってもおかしくないようだ。

そんな徹に湯上がりの姿を見られていることが気になった。そして、男に汚されたことを感づかれているような気がして、この場から逃げだしたかった。

いくら石鹸《せっけん》を使い、シャワーを浴びても、男達の指や口や肉柱の感触は消えていない。乳房をつかまれている感触、口で弄ばれている感触、女園を犯されている感触……。

男達の無骨な手の影が徹に見えているのではないか。

そんな強迫観念が渦巻いた。

「驚いたな」

徹は笑いをつくった。

「玄関の鍵があいてたんだ。変だと思って、ついそのまま上がってしまったんだ」

そんな嘘などつかず、正直にこのまま押し倒して抱いてしまいたかった。

「かけ忘れたのかしら？」

あんなできごとのあとだ。鍵をかけ忘れたのかもしれない。澄絵は徹の言葉を怪しまなかった。

「こんな時間に風呂に入ることがあるのか」

「え？　ええ、きょうはパーティに呼ばれているの。いつか話したでしょう。事務所びらきの……」

口をひらけば喉がからからに渇きそうになる。

「あれ、きょうだったのか」

徹はとぼけた。

「だったらこんな時間に風呂に入ってる暇なんかないじゃないか。六時からと言ってなかった？　洗った髪も乾かさないと」

「え、ええ、そうね。朝から着物を着ていたら何だか汗をかいちゃって、それでお風呂に入ったの」

唇が乾いた。

「車で近くまできたから寄ってみたんだ。送ってやるから準備したら」

朝から着物を着ていたと言う澄絵。それなら、なぜわざわざ今になって脱いだのだろう。汗をかいたとはどういうことか。徹はほっそりした指で慰めている継母をまた想像した。湯文字の匂いを嗅いだとき、かすかに精液の匂いがしたように思ったが、それは勇一郎との営みをついつい浮かべてしまうための、単なる思い過ごしかもしれない。

まだ濡れていた湯文字の大きな染みが精液でないのは徹にもわかった。愛液自体に匂いがあるわけではないが、汗と混じりあったそれらしい匂いという気がした。乱雑に脱いであった草履の意味までは考えなかった。

「何だか疲れてるみたいなの。パーティに出ないとまずいかしら」

心と躰に焼きつけられたおぞましい時間が、すぐに消えるわけがない。むしろ、時間がたつほどに鮮烈に甦《よみがえ》ってくるのかもしれない。

「顔を出してすぐに戻ってくればいいじゃないか」

澄絵が疲れているのは、激しく自分で慰めてしまったせいだ。徹はそればかり考えていた。

ということは、勇一郎が多忙なせいで、もしかしてこの半年、新婚とはいえ、あまり夫婦生活をしていないのではないか。次にはそんなことまで考えた。

パーティに出ないと言い張るのも不自然だろう。澄絵は頭痛さえしてきた不調な躰に鞭打《むち》って、髪を乾かし、簡単にアップにし、着物を着付けた。

徹の車で会場の事務所に着いたのは、ちょうどパーティがはじまるころだった。

たまたま車から降りる澄絵を見つけた主催者の丹沢が、運転しているのが徹と知って、顔を出すように勧めた。

「奥様、お久しぶり」

丹沢夫人が澄絵に近づき、以前より丸くなった頬をゆるめた。

「おめでとうございます。素晴らしい事務所ですね」

言葉も笑いも不自然になってしまうようで、澄絵は焦《あせ》った。

「蓮沼先生のおかげで、こうして事務所を持つことができました。今後とも宜《よろ》しくお願いしますわ。夫は堅苦しいことが嫌いですから、最初から最後まで無礼講ですって」

ホホと笑った丹沢夫人は、ワイングラスを澄絵に渡した。

「徹さんもすっかり大きくなって。こんなちっちゃいときから知ってるんですよ。奥様がまだ蓮沼先生をご存じないときから。あら、ごめんなさい」

余計なことを口にしたと、丹沢夫人は慌てて謝った。

「見違えちゃったわ。大学の何年生におなりになったの？」

「三年です」

この夫人を徹はうっすら覚えているような気がしたが、どこで会い、まして何を話したかなどもすっかり忘れていた。おそらくまだ実の母が元気だったころ、何度か家にやってきたのだろう。

「あの、奥様、ちょっとお具合いでもお悪いんじゃあ」

「えっ？」

丹沢夫人に何もかも見透かされたようで、澄絵は腋の下にじわりと汗をかいた。

「ちょっとお顔色がお悪いような。最初は照明のせいかと思ったんですけど」

「え、ええ……実は、出がけに少し気分が悪くて……でも、大丈夫ですわ」

「まあ、もしかして、おめでたじゃあ。そうでしょ、奥様」

「いいえ、そんな……」

目を輝かせた夫人に澄絵は狼狽《ろうばい》し、横にいた徹は歯ぎしりした。

「あしたにでもさっそくお医者様にお診《み》せになった方がいいわ。奥様。お美しくてお若いんですもの、蓮沼先生も、そりゃあ、元気におなりですよね」

汚されたことは悟られていないようだ。澄絵はほっとした。けれど、徹が横にいるだけに、丹沢夫人の言葉が恥ずかしくてならなかった。

「ほら、噂《うわさ》をすれば」

夫人が入口を見て笑った。

勇一郎がやってくるところだった。

澄絵は息苦しくなった。勇一郎に会うのが恐ろしかった。妻がレイプされたことなど露《つゆ》とも知らず、軽く手を挙げてやってくる。

「おや、徹までどうしたんだ」

「マンションに寄ったから、継母さんを送ってきたんだ」

「そうか」

「先生、お忙しいのに申し訳ございません」

丹沢弁護士がやってきた。

「お忙しいのに、無理して急がれたんでしょう」

「いや、車よりこの時間は電車の方が正確かと思って電車を使ったら、乱暴な奴がいて、もう少しで線路に突き落とされるところだった。わざと押されたような気がしたから文句を言おうとしたら、逃げられた。少し追いかけたから遅くなったんだ」

澄絵は目の前が暗くなった。偶然だろうが、事故に見せかけた殺しってのもあるんだ、そう言った男の言葉を思い出した。

「今の時代、病んでますから、ときどきわけもなく妙なことをやるのがいるんですよね。気をつけないと。でも、無事でよかった」

勇一郎から澄絵に視線を移した丹沢夫人が、あら、と心配そうな顔をした。

「やっぱりお顔の色が……奥様。椅子にお座りになって」

「どうしたんだ」

「気分がお悪いそうです。もしかしたらおめでたじゃありませんかって、お尋ねしていたところですわ」

「いえ、ちがいます」

澄絵は困惑し、否定した。

「先生、ずいぶんお元気なんじゃありません」

「おいおい」

近くにいる徹を気にして、丹沢が妻の言葉を制した。

「用があるから僕は先に帰る」

おめでたではと言った丹沢夫人にショックを受けていた徹は、澄絵と勇一郎の寄り添った姿を見る苦痛に、事務所を出た。

徹がはじめて澄絵に会ったのは四年ほど前、高校三年のころだった。父の事務所に顔を出したとき、大学を卒業して就職したばかりの澄絵がおり、徹は一目惚《ぼ》れした。

病気がちだったとはいえ、まだ母は健在だった。澄絵がやがて自分の継母になる女とは想像もしていなかった。

それが、母が亡くなって二年たち、三周忌を迎えたとき、勇一郎は澄絵といっしょになりたいと徹に打ち明けた。

あのときの息がとまりそうなほどの衝撃。澄絵を父が抱くという嫉妬《しっと》や苦悩。

だが、徹が首を横に振れば、澄絵は事務所をやめるかもしれない。そうでなくても、やがてほかの誰かと結婚するかもしれないのだ。それなら、いっそ近くにいてほしい。

徹は悦びを装い、ふたりの結婚に賛成した。だが、さすがにいっしょに住むことはできなかった。いっしょに住めば、毎日夫婦の寝室に耳をそばだて、狂ってしまうかもしれなかった。

徹はせっせとほかの女を抱いた。そうすることで澄絵を忘れようとした。けれど、他の女を抱けば抱くほど、澄絵への特別な感情が鮮明になってくるだけだった。

(継母さんが妊娠?……まさか。継母さんが俺と血の繋《つな》がった俺の弟か妹を産む? まさか……)

夫婦なら勇一郎の子を身ごもるのは当然だ。それでもふたりの肉の交わりを決定づける事実は、どんなことも信じたくなかった。

(妊娠している女がなぜオナニーなんかするんだ……)

(ブルーディの前は男が欲しくなるともいうな。妊娠とそれは関係あるのか……)

徹は溜め息をつきながら悶々《もんもん》としていた。

そのころ、パーティの途中で退座し、先に帰って横になった澄絵は、てっきり勇一郎からと思った電話を取って声をあげた。

「ダンナ、殺されかけたと言ってなかったかい? ほんのお遊びでホームから突き落とす真似をしたんだ。そういうわけで、ダンナを守りたかったらいい子でいなよ。人の恨みってのは恐ろしいいんだぜ」

電話は一方的に切れた。

背の高い、最初に自分を汚した男の声だった。受話器を持ったまま、澄絵は唇を震わせながら遠くを見つめた。

3

インターホンが鳴った。

モニターテレビに黒いスーツの女が映った。

「丹沢さんをご存じでしょう？　ご贔屓《ひいき》にしていただいておりますが、奥様がぜひともネックレスでもプレゼントしたいとおっしゃいまして。それで、突然ですが、近くのお客様の家からの帰りに寄らせていただきました」

ジュエリーコンサルタントというその女は、森島美冴と名乗った。ショートカットに黒いピアスが似合っている。

「あの、ネックレスを購入する予定はありませんが……」

丹沢夫人の名前が出たものの、事務所びらきのパーティではそんなことは聞いていない。夫人からのプレゼントなどと言いながら、最後は高いものを買わされるのではないかと警戒した。

「ネックレスがおいやなら、イヤリングでもブローチでもいいと丹沢さんはおっしゃっていました。事務所びらきのお礼に、ぜひとも個人的にプレゼントしたいということですわ。そのかわり、ご主人にはないしょにしておいてくださいとのことですが」

モニターには周囲も映るが、ほかに人影はない。それでも、レイプのショックから澄絵は抜けられないでいた。今朝も勇一郎を明るさを装って送り出したあと、すぐにベッドに入って休んでいた。できるなら、誰にも会いたくなかった。宝石という気分ではない。

「ドアを開けていただけませんか」

「ちょっと気分がすぐれずに休んでおりますの」

「まあ、それは失礼を。ずいぶんお悪いんですの」

「いえ、少し怠《だる》くて……」

「それなら、素敵な宝石をご覧になれば気分もよくなりますわ」

「でも、ネグリジェなんです」

「私、女ですもの。かまいませんでしょう？　丹沢さんのお気持ちですから」

丹沢の名前をまたも出され、やむなく澄絵はオートドアを解錠した。

美冴の身長は澄絵より五、六センチ高く、百六十五センチ前後だろう。眉のカットや化粧の仕方が素人《しろうと》離れしており、モデルか化粧品関係の女に見えなくもない。一線で働くきびきびしたキャリアウーマンの雰囲気があった。

黒いスーツの襟元から覗く赤と紫のスカーフが、西洋的な彫りの深い顔立ちをさらにはっきりと見せていた。スカートから足首の締まったすらりとした脚が伸びている。

リビングでジュエリーケースを開けて見せられた澄絵は、大粒の石ばかり並んでいるのを見て目を見張った。素人目にも、それらがどれほど高価なものか想像できた。

「あの、こんな高価なものをプレゼントにと言われても困るんです。丹沢さんには私から角がたたないようにお断わりします。せっかくですが」

澄絵は、ネグリジェの上から羽織ったガウンの胸元を合わせながら言った。

「フフ、ほんとうは丹沢さんからじゃないんです」

美冴は澄絵の心中を探るような目を向けて笑った。

「えっ？」

「ふたりの男性がぜひプレゼントしたいとおっしゃって」

「どなたでしょう」

プレゼントとなると、勇一郎と徹しか即座には浮かばなかった。

「奥様の抱き心地があまりに素晴らしかったので、ぜひお礼がしたいということです。これからのこともあるしとのことでした」

頭を殴られたような衝撃だった。口をあけた澄絵は、笑っている美冴を見つめた。

「どうぞ、お好きなものをお選びになってください」

微笑している美冴は、呆然《ぼうぜん》としている澄絵にジュエリーケースを押しやった。

喉を鳴らした澄絵は、かすかに震える唇を動かした。

「お帰りください」

「選んでいただかないと帰れませんわ。先に代金はいただいておりますから」

「お帰りください」

「奥様は素晴らしい肌をなさってるそうですね。つるつるしていて張りがあって、白くて、アソコもとてもいいものをお持ちとか」

澄絵は荒い息を吐いて喘いだ。

「お帰りになって」

声が掠《かす》れた。

「全部聞いています。どうしてふたりを訴えなかったのかしら。無理に抱かれるのがお好き？　刺激的で気に入ったんでしょう？　レイプ願望がおありだったの？」

　美冴の口元の笑みが、徐々に嘲笑《ちょうしょう》めいたものに変化していった。

「お帰りにならないと訴えます」

「何と訴えるおつもり。ご自分の意志で、玄関ホールもここの玄関もおあけになったのよ。それに」

　美冴はフフと笑った。

「不倫の秘密、ご主人に話されると困るでしょう？」

「不倫だなんて……」

「不倫だわ。ほかの男に抱かれて秘密にしてらっしゃるんでしょ？　最初はレイプだったかもしれないけれど、抱かれてるうちに感じちゃったのね。ということは、もうレイプじゃないわ。奥様はきっと被虐的な女なんだわ。きょうだって、本当は彼達が来ないかと心待ちにして、ネグリジェで待ってらっしゃったんじゃないの？」

　女への怒りが躰の底から沸き上がった。

「帰ってください！」

　ジュエリーケースの蓋《ふた》を乱暴に閉めて立ち上がった。

「あら、ずいぶんお元気になられたわね。素敵な宝石には魔力が潜《ひそ》んでるというのは、どうやら本当みたいだわ」

美冴も立ち上がった。そして、澄絵の傍《かたわ》らに行き、拳《こぶし》を握って怒りに震えている腕をつかんだ。

「あ！」

一瞬のできごとだった。信じられないほどたやすく澄絵の手は背中にねじられ、押しつけられていた。

「可愛い奥様、ベッドはどこ？」

美冴はさして力を入れているふうではない。にもかかわらず、澄絵は抗えなかった。ツボを押えられているとしか思えない。

背中にねじつけられた腕を押え、廊下を歩き、寝室まで着くのに時間はかからなかった。

さっきまで横になっていたため、掛布団もカバーも半分に折り返され、白いシーツには皺《しわ》が寄ったままだった。

「あなたみたいな人、私の好みよ。可愛がって悶《もだ》えさせたくなるの」

「放して」

「私もぜひ見てみたいわ。素敵なあなたの躰を」

ベッドに押し倒され、うつぶせに沈んだ澄絵は、ガウンごとピンクのネグリジェをまくり上げられた。

ネグリジェに合わせたのか、薄いシルクのピンクのパンティだ。臀部《でんぶ》の割れ目がすっかり透けて見える。パンティから伸びた太腿の白さが際立《きわだ》っていた。志々目と末崎に聞いていたとおりだ。

「誘惑的なお尻だこと」

「いや！」

澄絵は反転して仰向《あおむ》けになった。

目を見ひらき、肩で息をしている澄絵に、美冴は余裕ある女豹《めひょう》の目を向けた。

「女じゃいや？　あのふたりの方がいい？　すぐ近くの喫茶店で待ってるから呼んでもいいのよ」

びくりとした澄絵の躰に、美冴はすかさず躰をかぶせて唇を塞いだ。

「うぐ……」

いやいやをする澄絵がキスに気を取られているとき、美冴の片手がまくれたネグリジェから侵入し、太腿と鼠蹊部をなぞってパンティに触れた。

「んん……」

澄絵が腰を振った。

指はパンティに入りこんだ。汗ばんだもわっとした湿気が美冴の手を包んだ。やわらかい翳りだ。指を下ろし、なんなくスリットを探りあてた。

「あう！」

クリトリスに触れられたことで澄絵は敏感に反応した。腰が跳ねた。まだぬめりはない。むにゅっとした感触の肉のマメを、美冴は指先で丸く揉みしだいた。

「んくくく……」

唇を塞がれて言葉の出せない澄絵は、鼻から熱い息をこぼした。

肉のマメを揉みしだいている指のやさしさとは裏腹に、美冴の唇は強引に押しつけられている。

まるで自分の躰を弄ぶときのように、美冴の指は確実に澄絵を昂めていった。首を振ることを忘れ、澄絵は指から逃れようと腰をもじもじ動かした。熱い。臀部に汗がべっとりと滲んできた。

澄絵の呼吸が荒くなってきたのを見て取った美冴は、肉のマメをいじっている指を、ぬめっているスリットに沿って下ろした。汗だけだった秘園がすっかり蜜液でぬるぬるしている。

柔肉の狭間《はざま》に長い中指を押し入れた。

「く……」

またわずかに腰が跳ねた。

美冴の顔に吹きつけられる荒い鼻息が、湿りを帯びて広がった。服ごしに、澄絵の高鳴る鼓動が伝わってくる。

秘口はよく締まり、挿入する細い指に膣襞はあたたかく吸いついてくる。抜き差しし、襞に沿って動かした。美冴は女壺を指で観察していた。それからずっと奥まで押し入れ、ぷるぷるした子宮頸を弄んだ。外に出ている親指で、充血している肉のマメをそっと揉みしだいた。

「んん、……」

鼻から洩れる息が徐々に熱くなってきた。

美冴は唇を離した。

会ったすぐはあまり顔色のよくなかった澄絵の頬や瞼《まぶた》が、すっかり赤味を帯びている。かすかにひらいた口が何かを言いたそうに震えていた。

眉根を寄せ美冴を見つめる弱々しい目のなかにも、何かを訴えるような光がある。

「ふふ、可愛いオマメとヴァギナ。ココ、ふふ、ココ、いいでしょ」

なかに入っている指が、ぷるぷるした女壺の底を責めた。

「あああ……」

疼くような感覚が、そこから総身へとじわりと広がっていく。この切ない快感を知ってから、澄絵はまだふた月ほどにしかならない。

クリトリスではよく感じるが、屹立《きつりつ》の抽送でエクスタシーを感じるのはまれだった。それが、結婚して四カ月ほどしたとき、この子宮壺の底を肉の棒でそっと突かれると、クリトリスでは味わえないいじわっとした切ない快感が広がるようになった。

クリトリスから得られる快感が激しい活火山のような絶頂なら、子宮で得られるエクスタシーは、急激に昇って落ちるようなC感覚とはちがう、身も心もとろけさせるような長くじわじわ続く快感だった。

ぬるま湯に浸《つ》かっているような、徐々に手足の指先まで快く犯されていく快感。澄絵は女だけに与えられた子宮の悦びに身を浸すことを覚え、切なさにあえかな声を洩らしつつ、勇一郎のやさしい行為のなかで心まで溶かした。

その切ない感覚を、美冴の指は確実に澄絵に与えていた。

「はああ……」

「ふふ、ココね。ここがいいの？　寒天みたい。まだ子供を産んでないから、誰も通ってないココ。そんなにいいの？　ほら、クリちゃんも好きでしょ」

美冴は中指の先で子宮頸を弄びながら、親指の腹では、ぬるぬるしている成長した肉のマメをいじりまわした。

「あぁっ、だ、だめ……」

だめと言いながら、澄絵は逃げようとしない。美冴の巧みな指技に、すっかり抗いの気力をそがれていた。

ここまで昂まってしまえば、エクスタシーの波がひたひたと押し寄せてくるのを、切なさに耐えて待つしかない。肉のマメの快感とはちがう妖しさが全身を浸している。

目を閉じてはひらき、美冴を見つめ、また閉じて喘ぎを洩らす澄絵に、美冴は好みのネコだとほくそえんだ。

（どうして……ああ、だめ……）

美冴は自分を騙《だま》した女だ。騙されて部屋に入れ、あげくに力ずくで寝室まで連れてこられていながら、こうして声をあげている自分が、澄絵にも信じられなかった。

「疼くの？　クリちゃんもヴァギナもなかなか敏感で気に入ったわ。ほかも全部感じるんじゃないの？」

指を抜いてふたたびかぶさってきた美冴に、瞬間的に顔を背けようとした澄絵だったが、すかさず唇を塞がれた。

子宮頸をいじる指がなくなったとき、澄絵は愚かにも落胆した。

美冴の躰から発したほのかな香水の香りが、あたりに漂っている。

柔らかい女の舌に唇をなぞられはじめると、子宮の疼きがまだかすかに余韻を引きずっていただけに、澄絵は強く拒むことができなかった。

唇の狭間をくぐり、歯列をこじあけて口中に入りこむことができた美冴は、口蓋や歯茎《はぐき》の裏を舌先でくすぐった。

「くうう……」

またも痺《しび》れるような感覚が、口元から秘園に向かって広がり、とろりと蜜をしたたらせた。

躰を傾けた美冴がガウンをひらき、いかにも新婚妻らしい透けたピンクのネグリジェをひらいていった。

(だめ……)

そう思っても、まるで金縛《かなしば》りにあったように澄絵は動けなかった。

掌《てのひら》に感じるみずみずしい乳房をつかんだ美冴は、繊細すぎるほどの肌に感嘆しながら、こねるように揉みしだいた。

形のいいCカップの乳房は、仰向けになっていてもその紡錘形が崩れなかった。淡い桜の花びらを思わせる、日本人にしてはやや大きめの乳暈《にゅううん》。そのまん中でしこっている色素の薄い乳首。白い乳房に血管が透けている。

美冴は自分の肌を、この極上の肌に合わせたくなった。だが、今はおとなしくしている澄絵でも、美冴が服を脱いでいる間、我に返ってじっとしているはずはない。

（きょうは我慢するしかないかしら）

くくりつけてもいいが、せっかくこうやって喘いでいる澄絵の快感を冷ましてしまうことはない。いずれそれなりの場所でじっくりと楽しめるのだと、美冴は服を脱ぐのをあきらめた。

汗ばんだ躰はいっそう艶《なま》めかしくくねった。鼻と口からこぼれる喘ぎがか細い。か細いが熱を持っている。まるで結婚生活を重ねて熟れきった三十過ぎの人妻のような色気だ。

（結婚前に、よほどいい男に仕込まれたのかしら……）

ベテランの美冴が思わずそう思ってしまうほど、反応のいい、むっちりした総身だった。

「ふふ、可愛い。まるで芸術品ね」

乳首から首筋、耳朶《みみたぶ》へ。そこからまた乳房へと下り、下半身へとじっくり舌や唇を這わせていった。

わずかに塩辛い汗が舌に触れるようになった。

薄い翳りに触れたとき、澄絵はびくりとした。すでに濡れきったスリットに指をやると、

「だめ！」

慌てて太腿を閉じ、半身を起こそうとした。

「だめ！　動かないで！」

即座に言い返した美冴は、鬚りをわしづかみにして力いっぱい引っ張った。

「ヒッ！」

肉ごと毟り取られるような痛みに、澄絵は声をあげた。

「爪の伸びた左指を入れられたい？　それでヴァギナを掻きまわされていいのね？」

美冴は赤いマニキュアの塗られた、尖《とが》った爪の乗った左手を差し出した。

「やめて」

「ふふ、左手はいやでも、さっきみたいに、右手を入れられたくてウズウズしてるんじゃないの？」

澄絵のひるんだ隙《すき》に、爪の始末がしてある右手の指をスリットを辿って、素早く柔肉のあわいに押しこんだ。

「くっ……」

まだその指の与えた疼きを覚えている肉襞が、するりと挿入を受け入れた。

「いちばん奥、ココがいいわけね」

子宮頸をぷるぷるやると、

「はあっ……」

やるせないというように、澄絵は首と胸をのけぞらせた。

「ココが感じるのは大人の女よ。たった半年で旦那様が教えてくれたの？　それとも、その前からかしら」

弄ぶ悦びを満面に浮かべた美冴は、いちど出した中指に人さし指と薬指も添え、三本にして入れた。

「あああ……」

「これでもまだまだペニスより細いわね」

美冴は人さし指と薬指をひらいて膣襞を拡張するようにして中指で女壺の底を刺激した。

「ああ……はあっ……くうっ……」

蹂躙《じゅうりん》したくなる切なく訴える顔をした澄絵が、シーツを握って魚のようにパクパクと口を動かした。乳房が大きく喘いでいる。汗がいっそう光ってきた。溢れる蜜液が蟻《あり》の門渡《とわた》りを伝っている。

すっかり充血して包皮から顔を出している肉のマメを、遊んでいる左手で揉んだ。ぬるぬるしてつるりと滑りそうになった。

「あう！　はあっ……いや……」

秘口がキュッと締めつけてくる。

エクスタシーが欲しくて、澄絵は足を突っ張っている。こすれ合う足指の音が喘ぎに混ざった。

「欲しい？　欲しいんでしょ？　気持ちいいって言ってごらんなさい。でないとやめるわよ」

肉のマメとヴァギナで動かしていた指をとめた。

風船がしぼむように、明らかに落胆している澄絵がわかった。

「言わないの？　してあげないだけじゃなくて、すぐに爪の伸びた左指をヴァギナに入れるわ。伸びた指で、あなたが気持ちいいと思ってるプルプルを引っ掻いてあげる。いいのね。そう、じゃあ、痛い目に遭わせてあげる」

クリトリスから左手が離れた。

「いやっ！」

左指の侵入から逃れようと腰が左右にくねった。

「じゃあ、欲しいって言ったら？　たったいま、すぐによ」

有無を言わさぬ口調でぴしゃりと言った。

澄絵の喉が鳴った。

「わかったわ。もう聞かない」

美冴は冷酷な笑みを浮かべた。

昂まりから引きずり下ろされ、総身をそそけだたせた澄絵は、

「欲しい……」

ようやく掠れた声を出した。

「ふふ、最初からそう言えばいいのに」

一瞬にして冷えた躰を、美冴の指がまたすぐさま熱く火照《ほて》らせていった。

「あああ……くうっ……」

「欲しい？　言って。欲しいって」

「ほ、欲しい……あはあ……んんっ……」

秘花がひくひくと指の根元を締めつけた。

大きめの花びらが、たっぷりと水を吸ったようにぼってりひらき、盛りの大輪の花を思わせる。

「あは、はあ、あ、あっ……」

すぐそこまでエクスタシーが近づいている荒い呼吸だ。

美冴は軽く揉みしだいていたクリトリスをぐりぐりと揉んだ。

「ああっ！」

腰が跳ね、総身が反り返り、秘口と膣襞が痙攣《けいれん》した。乾いた半びらきの唇が小刻みに震えている。

痙攣が徐々に治まり、ゴムのように伸びた白い首が元に戻った。目を閉じた澄絵の瞼は朱を帯びている。

指を抜くとき澄絵はぴくりとしたが、目はあけなかった。

美冴は太腿でとまっているパンティを引き上げ、小水を洩らしているようにぐっしょり濡れている股間に、ぐいっと食いこませた。

「あう！」

気怠《けだる》い余韻に浸っていた澄絵が目をみひらいた。

「みっともないほど濡れて、なんて恥ずかしい人なの。オマタがほら、こんなに濡れてるのよ」

「い、痛い！」

食いこむ布片に、澄絵は痛みから逃れようとずり上がった。

美冴は三、四回食いこませたあと、引き下ろして足首から抜いてやった。

「欲しいと言って私の指でイッたのね。いいわ、これからもイカせてあげる。気に入ったわ。

女の指でヒィヒィよがる若奥様を知ったら、旦那さんはびっくりするわね」

美冴はスーツのポケットから、掌に納まるほど小型のテープレコーダーを出した。

「いい声を録音させてもらったわ。みんなで鑑賞させてもらうわね。それから、ジュースのたっぷりついたパンティ、彼達へのお土産にいただいていくわね。どの宝石がいいの？　自分では決められない？　だったら、ルビーを置いていこうかしら。そのおっきくなった真っ赤なクリトリスにそっくりだもの」

ククッと笑った美冴は、脚を広げて放心している澄絵を見おろしたあと、寝室から出て行った。

第二章　秘密の猥褻ショー

1

「出てきてほしいのよ」

美冴の電話の声に澄絵は動揺した。

「お断わりします」

「私のオユビが恋しいんでしょう？」

思わせぶりな口調だ。

「ルビーはお返しします。あんなもの、置いていかれても困るんです」

夫に見つかったらどうしようと、あれから澄絵は毎日ヒヤヒヤしていた。

「あなたのものよ。代金はいただいていると言ったはずよ」

「困ります。お送りしますから住所を」

「返したきゃ、自分で持ってきたらどうなの」

素気ない言葉だった。

「そうそう、出会い系サイトってあなたも当然知ってるでしょ。でも、あれもいろいろこのごろは取締りが厳しくて、ある人達は会員制でそれに似たことをしてるの。それで、聞いてほしいものがあるの。会員外に番号を教えるのは例外よ。ぜひ感想を聞かせて。十分したらまたかけるわ」

胸騒ぎがした。澄絵はメモした番号をまわした。

〈はああっ……あぁう……〉

自分の喘ぎだった。総身が熱くなった。そして、目の前が暗くなった。

〈ココ、ココがいいのね〉

〈ああ……〉

受話器を持つ手が震え、胸が激しく隆起した。いかにも合意で愛し合い、声をあげているといった感じだ。力ずくでという雰囲気は微塵《みじん》もない。

切りたくても切れなかった。聞きたくないと思っても、自分の声だけに、全容を確かめなければという気持ちがしてくる。

〈欲しい……〉

〈はあ……あああ……〉

〈ああっ！〉

えんえんと続いた喘ぎが、ついに最後のクライマックスを迎える短い声で終わった。

（酷《ひど》い……こんなものを誰が聞いているの……）

偶然に夫が聞くことはないだろう。だが、澄絵がこうして聞くことになったように、番号を教えられ、故意に聞くよう仕向けられる可能性は残っている。まじめな勇一郎だけに、ショックは大きいだろう。

その場に崩れ落ちそうになっていると電話が鳴った。心臓が止まりそうになった。

「どう？　あのときを思い出してまた楽しめた？　あんまりいい声だから、あれ、みんなに聞いてもらいたくなって」

受話器の向こうで含み笑いしているのがわかった。

「ご主人というより、事務所のみんなにぜひ聞いてもらいたいわ。弁護士先生達ばかりだもの、最初にテープを聞いてもらっておく方が、何か相談するにも手っとり早いんじゃないの？」

「やめてください」

「返してあげてもいいのよ。だから、取りにいらっしゃい」

「私も事務所を手伝ってるんです。いつも時間が自由になるわけじゃありません」

「きょうは行かない日なんでしょ。だからそこにいるんじゃないの？　先延ばしするほど、あれを聞く人が増えるってものよ」

場所と時間を告げた美冴は一方的に電話を切った。

言われた喫茶店に行くと、あの日とちがうスーツだが、やはり黒ずくめの美冴がコーヒーを飲んでいた。タイトミニから伸びた脚を組んでいる。黒いエナメルのハイヒールが光っていた。

「お洋服より、スケスケのネグリジェの方が可愛いわ。それも似合うけど」

玄人《くろうと》の匂いのする美冴とちがい、刺繍《ししゆう》の入った清楚な白いブラウスを着た澄絵の方は、二十六歳の人妻というより、まだ大学生のようにも見える。

「あんなこと、やめてください」

「誰の声かわかりゃしないわ。もっとも、旦那様ならすぐにわかるんでしょうけど」

美冴は小気味よく笑った。

「テープ、返してください」

「私の部屋にあるわ。いらっしゃい。いやなら返せないわ」

伝票を取った美冴は、有無を言わさず立ち上がった。

マンションの美冴の部屋は、彼女の好みらしい黒を基調にした調度品で統一されていた。

「お風呂に入りましょうよ。気持ちもさっぱりするわ」

「けっこうです」

「ここまできたのは何のため？　あれ、持って帰りたいんでしょう？　私の言うとおりにしないと手ぶらで帰らなくちゃならなくなるわよ。いっしょに入りましょう。躰、洗ってあげるわ」

先日のことを考えれば、いっしょに入れば、あとはどうなるかわかりきっている。

「お風呂はけっこうです……」

「あなたがけっこうでも、私が入るように要求してるのよ」

視線に冷徹な光が宿った。

「でも……」

「旦那様にあの声、たったいま聞いてもらいましょうか」

うつむいた澄絵は、たった一度夫に隠しごとをしたため、さらに秘密を持たねばならなくなったことを悔やんだ。けれど、丹沢の事務所びらきのパーティの日のできごとを、結婚して半年めの勇一郎に話すことなど、やはりできなかったような気がする。

脱衣場でもじもじしている澄絵を尻目に、美冴はさっさとスーツを脱いでいった。顔を背けても、洗面所の鏡に美冴が映っている。

　黒い光沢のあるサテン地のスリーインワンが目に入ったとき、そんな大胆なインナーを身につけたことがない澄絵は息を呑んだ。ガーターベルトなど使ったことがないし、パンティストッキング以外を穿こうと考えたこともなかった。

　ボディにぴったりのインナーは、いかにも男を誘惑するためのもののようだ。乳房の深い谷間。鼠蹊部から太腿に向かって晒《さら》されている健康的な肌。澄絵が日本的なら、美冴は西洋的で女豹のようだ。

「どうしたのよ。さっさと脱いで。バスタブはいっぱいにしてあるのよ」

　動かない澄絵に美冴の手が伸びた。

「いや」

「何がいやよ。三分以内に裸になってバスタブに浸っておくのよ。いいわね」

インナーのまま脱衣場を出た美冴に、澄絵はほっとした。だが、このまま帰れないのはわかっている。どうしてもテープを持って帰らなければならない。

　泣きたい気持ちでブラウスとスカートを脱いだ。これほどパンティストッキングが野暮ったく見えたのははじめてだ。

　澄絵はたっぷり湯の張られたバスタブに浸った。

「ふふ、やっと入ったわね」

覗いた美冴がいちど顔を隠し、裸になって入ってきた。濃い翳りも隠さず堂々と入ってきた美冴に、澄絵はうつむいた。

細長いバスタブで向き合う形になった。視線を上げれば美冴の目を、うつむけば美冴の秘園の黒い翳りを見ることになり、澄絵はたちまちのぼせそうになった。

さっきのインナー姿からすでにわかっていたが、美冴の躰は引き締まっていた。つきたての餅《もち》を連想させる澄絵に対し、バターやパンを連想させる躰だ。

全体に引き締まっているもののバストは十分に豊かだ。包むもののなくなった乳房は、インナーから飛び出したからには思いきり伸びをしようとしているように、ゆったりと湯槽に浮いている。やや色づいた乳首だ。

無毛の澄絵の腕に比べ、美冴の腕の産毛《うぶげ》はやや多めに生え、金色に光っている。湯の動きで腕の産毛だけでなく、秘園の茂みが海藻のように揺れた。

「ほんとにいい肌をしてるわ。アソコもいいし、旦那様は大満足ね。あれから何回抱かれたの。聞くだけ野暮？　毎日かしらね」

美冴の手が白いつるつるの乳房をつかんだ。

「あ……」

避けようとしたが、ふたりで入っているバスタブでは余裕がなく動けなかった。

次に唇を奪われた。乳房と乳房が合わさり、乳首が押し合った。じかに触れ合うことで澄絵の乳首には妖しい感覚が生まれ、みるみるうちにしこっていった。立ち上がった乳首はなおさら敏感になった。

単純に変化した澄絵の乳首がわかり、美冴はわざと胸を押しつけ、左右に擦りつけるようにした。それから秘芯に指を伸ばした。

「んくく……」

澄絵の女の器官は湯のなかでぬめっていた。花壺にするりと指が入りこんだ。

澄絵は短く喘いだ。

秘口が指を締めつけた。

顔を離した美冴は、目が寄りそうなほど近くから澄絵を見つめた。泣きそうにしているが、頰が桜色に染まっている。

「あなたの大好きな私のオユビよ」

澄絵はいやいやと首を振った。

「あら、オユビじゃもの足りない？　細すぎるものね。わかったわ」

指を出した美冴は、物入れになっている洗い場の鏡の扉をひらいた。携帯用ビデや大小のピンクや黒のグロテスクなバイブが並んでいた。

澄絵はひとめ見てぎょっとした。まだ男の形をした小道具を使って行為をしたことはない。ノーマルな何も使わないセックス。それが勇一郎と、かつてつき合ったひとりの男性との性だった。

「さ、どれがいいの？　いろんな大きさが揃ってるから選んでちょうだい」

美冴は澄絵の戸惑いを楽しんでいた。

「いや……」

喘ぐ乳房と肩先に、澄絵の心境が表れている。

「存分に可愛がってあげるわ。それからでしか、あなたの欲しがってるものは返せないわ。可愛がってもらったうえに欲しいものが手に入るなんて、こんないい話がどこにあるっていうの。まずはこれくらいにしてみる？」

美冴は直径五センチほどの黒いバイブを手にした。

「オユビよりいいわよ。旦那とどっちが太い？　もっと太いのにしたい？」

「いや……」

「ふん、もうぬるぬるしてるくせに。せっかくのお湯がぬめっちゃったわ。出てらっしゃい。バスタブの縁にお座りして脚をひらくのよ」

冷笑していた美冴は、湯に浸ったままいやいやをしている澄絵を睨みつけた。

「ちょっとやさしくすると、すぐに言うことを聞かなくなるのね。そうしてる間にも、いろんな人があれを聞いてるのよ。どこから流してると思う？　ここじゃないのよ」

「そんな……」

「当然でしょ。いい声だから気に入った。どこの誰か教えて欲しいっていう問い合わせがけっこうきてるみたいよ。みんなから高い入会金をふんだくってるんだから、あまりしつこく聞かれると、教えないわけにはいかなくなるかもしれないわね」

鼻で笑った。

「だめ。やめて。テープを返して」

「だったらどうすればいいのよ」

美冴は黒いバイブの亀頭を、舌を出して卑猥に舐めあげた。

「いや……」

「さっさと出るのよ！」

反響した美冴の声が、耳に痛いほど四方から降り注いだ。澄絵の腕を取った美冴がぐいと引き上げた。

「あう」

もつれるようにして上体を浮かせた澄絵は、バスタブから出るとき転びそうになった。

「自分のソコに入るんだから、まず自分でナメナメするのよ」

バイブを顔の前に差し出すと、澄絵は顔をのけぞらせて避けようとした。

「怒らせるつもり？」

鋭い視線で睨みつけた美冴はバイブを置き、唐突に澄絵の腕を引いて反転させた。それから、平手でむっちりした白い尻を思いきり叩きのめした。

「あうっ！」

景気のいい肉音と同時に、飛沫が周囲に弾け飛んだ。

「いい音。スパンキングのしがいがあるわ」

また左の豊臀を平手で打ちのめした。

「ヒッ！」

二度の打擲《ちょうちゃく》で赤くなった尻に、さらにスパンキングを加えた。

「痛っ！　やめてっ！」

逃げようとしても、さほど広くないバスだけに、すぐに捕えられてしまう。美冴の打擲には多少の加減もなかった。その力は女とは思えないほど強烈だ。

ひりつく尻に顔をしかめ、次の打擲にびくつきながら、澄絵は声をあげて目尻に涙をためていた。

椀形の乳房を揺らしながら狭いところを逃げまどい、打たれる尻を守るために手をやって隠そうとする。そんな澄絵に、美冴は獲物をいたぶるように目を細めた。

「腫《は》れ上がるといいわ」

「ヒッ！　許してっ！　あう！」

悲鳴と打擲音が混ざり合って反響し、浴室は騒音の器になった。

「言うことを聞くの？」

「ああっ、はい」

打擲がやんだとき、澄絵は洗い場に崩れ落ちた。

「ちょうどいいわ。ワンちゃんになるのよ。お猿のように真赤なお尻を見せて」

澄絵はあまりの羞恥に息苦しさを感じながら、それでもよろよろと膝を立て、腕も洗い場につけて四つん這いになった。尻のくぼみの中心で、オールドローズの色をした菊花が堅く閉じている。

白く繊細な肌だけに、尻には激しいスパンキングの名残の赤い花が咲いている。皮膚についていた湯はとうに乾いているが、かわりの汗が総身をおおい、肌がぬめぬめと光っていた。

「ほら、膝をくっつけてないで、アンヨをもっとひらくのよ。すぐに濡れるヴァギナがよく見えるように」

美冴が尻を手の甲で軽く叩くと、澄絵は滑稽なほどびくりとした。

ひらいた太腿の間から、淡い翳りに囲まれた秘肉が丸見えになった。ふっくらした肉の土手から大きめの花びらがはみ出している。黙って見つめていると、菊の蕾が羞恥にキュッとすぼまった。

「うしろは処女みたいね。お尻に太いペニスを入れられたことはないんでしょ?」

すぼまりを指で触ると、

「いやっ!」

澄絵は反射的に上体を起こした。

たちまち尻たぼに平手が飛んだ。

「ヒッ!」

慌てて澄絵は腕をつけた。

「前があれだけ感じるんだから、うしろもきっとよく感じるわ。うしろがいい? 前? どっち?」

「いやっ! うしろは、いや」

「じゃあ、前ということね」

あっさりと菊花をあきらめた美冴は、うしろから蟻の門渡りを指で辿った。

「んんっ……」

擦られ、かすかに触れられ、じっとしていることができず、澄絵は喘ぎながら尻を右に左にくねらせた。オスを誘っているような腰の動きだ。

蟻の門渡りを触れられるだけで、澄絵の秘肉の狭間から、とろとろと銀色の蜜が溢れ出した。

会陰から花びらに指を移すと、背中が軽く反り、尻の合わせ目がヒクッと緊張した。

産毛さえないつるつるの脚。その太腿の間の湿ったくぼみ。指に絡みついてくるような肉の花びらの感触……。美冴は口元をゆるめて花びらをぴらぴらと弄んだ。

「ああっ……」

すすり泣くような澄絵の声が、異性とのセックスよりネコをいたぶるのを楽しみにしている美冴を悦ばせた。

「またぬるぬるじゃない。上品な顔をしていながら、恥ずかしい弁護士夫人だこと」

十分濡れているので、黒いバイブを早々に四つん這いの澄絵に、うしろから挿入した。

「はああっ……」

わざとねじりながら入れた。澄絵は腕をブルブル震わせながらも、つんのめって倒れないように躰を支えている。

「ふふ、これはいやらしい奥様の、大好きな大好きなものでしょう？」

濡れているのによく締まっている。バイブを動かす美冴は、挿入するときの肉襞の抵抗を楽しんだ。簡単に出し入れできるより、こうしてじんわりと押していき、またゆっくりと引いていく方が、より猥褻な行為をしているという気がする。膣襞の抵抗はあるが、躰全体で感じているのだとわかる。

「もっと太いのがいい？　何か言ったらどうなの」

「はあっ……いやっ……」

生まれてはじめて女芯に卑猥な道具を入れて弄ばれている澄絵は、挿入されるときの恐怖は消え、妖しい美冴の手の動きによる疼きにぼうっとなってきた。

花壺をこねているバイブの先。バイブ全体は、それを締めつける膣襞を拡張するように、襞に沿って円を描きながら動いている。ゆったりした動きだからこそ、疼きはより大きい。だが、その疼きはもの足りなさを伴っていた。

もっと……。

ついそう口にしてしまいたくなる動きだ。だが、さすがに口にするのははばかられ、わかって、というように、尻をさりげなく振ってしまう。

「もっと欲しいの？　こんなにお尻をくねくねさせて、はしたないわね」

右手で速度を変えずにゆったりとバイブを動かしながら、美冴は左手で肉のマメを探った。

「あうっ！」

弛緩していた総身が、外性器への刺激で一瞬にして硬直した。

「おっきいオマメ。すっかり充血しちゃってる。おいしそうね」

膨らんだ肉のマメを目の前で観察した美冴は、口で弄びたい気がした。だが、指先だけで膨らみの感触を確かめながら、両手での刺激を続けた。

肉のマメはすでにぬるぬるで、恥丘の汗の湿りで、恥毛は暖かい空気を含んでもわっとしていた。

「あん、いや……」

膣襞いっぱいに入っているバイブのもどかしい動きに、澄絵は泣きそうな声をあげた。

「いや？　いやなの？」

意地悪く言った美冴は、バイブを動かす手をとめた。

「ああっ……」

はっきりと落胆したとわかる澄絵の声に、美冴はほくそえんだ。

「いや、じゃなくて、もっと、のまちがいじゃなかったの？」

まだ理性が残っていた。ようやく聞き取れる声で、澄絵は心と裏腹なことを言った。

「いや……」

バイブが抜かれた。

澄絵は本当に泣きたくなった。

「お仕置が足りなかったみたいね。嘘つきや素直に言うことを聞けない人にはこれよ」

突き出されている尻に、洗面器の裏での力強い一打が飛んだ。

「あう！」

掌での打擲より痛みは少ないが、モノで叩かれたことで、今度は何で叩かれるのか恐ろしく、澄絵の細胞は萎縮《いしゆく》した。

「嘘つき奥様、足腰が立たなくなるまでお仕置よ」

「許して！　ヒッ！　あうっ！」

「本当のこと言うまで何時間でもお尻をひっぱたいてやるわ」

洗面器の底で打擲するのに飽きた美冴は、タオルを湯槽につけ、濡れたそれで鞭のかわりにバシリと尻を打ちのめした。

「ヒッ！　許して！」

ついに腰を落とした澄絵が、首を曲げて肩ごしに美冴を見つめた。鼻頭がほんのりピンクに染まっている可愛い兎《うさぎ》に、美冴の打擲がやんだ。

「素直じゃない人にテープは渡せないわ」

「困ります。返してください」

「実はあの男達が持ってるのよ。直接会って頼んでみる？　会わせてあげましょうか。あのふたりにならら素直になれるんじゃない？」

「いや。いやです」

「私から返して欲しい？　だったら、私と旅行するのよ。三泊ぐらいどう？」

「そんなこと、不自然です」

「不自然じゃないようにすればいいでしょ。女同士、どこが不自然なのよ」

「でも、三泊なんて」

「じゃあ二泊。それ以上は短くできないわよ。わかったら、またワンちゃんになるのね」

また秘芯にバイブが入った。今度は手で動かさず、美冴はスイッチを入れた。低い唸りで男形の震動がはじまった。

「あうう、んくっ！　ヒイッ！」

はじめての膣への震動に、澄絵は数秒もせずに呆気《あっけ》なく昇りつめ、膝をガクガクさせて痙攣した。

「うん？　美冴さん？　はじめて聞くような気がするが」

「あら、話してなかったかしら。そうね、ずっと会ってなかった人だから、もしかすると話してなかったかもしれないわ」

美冴は高校時代のクラスメートということにした。長く音信不通になっていたが、向こうから電話がかかってきたとも話した。

「ふたりひと組の旅行のクーポン券が当たったんですって。ぜひ私と行けたらいいなと思って、捜したんですって。卒業生名簿にはまだ旧姓のままだし、別の人に聞いたみたい」

嘘を隠すため、つい別の作り話までしてしまう。

2

美冴とふたりの旅は避けたかった。どんなことが待ち受けているか、これまで二回の経験でわかっている。けれど、自分を犯した男達があれから現れないのを考えると、まだしも美冴相手の方がましな気がする。

それでも、だんだん深みにはまっていくのを感じていた。わかっていても、レイプの日から時間が過ぎていくだけ、いまさら事実は話せない。いまさら話すのは不自然だ。

「せっかくだから行ってくればいい」

「でも、あなた、ひとりじゃあ……」

だめだと言われれば何とか食い下がるはずが、すんなり許してもらっては後ろめたさが残る。

「葉子が亡くなって二年以上、徹とふたりだったんだ。徹も私もその間、通いのお手伝いさんに厄介になっていたとはいえ、自分のことは自分でやっていた。たった二泊なんて、なんてことはないさ」

「そう、じゃあ、行かせてもらうことにするわ」

早くも後悔がよぎっている。だが男の行為とは微妙にちがう肉の悦びを与えられ、今から躰が疼いているのも事実だ。あの疼きは女同士でしかわからないのではないかと思ってしまう。

「今夜は休むか」

まだ十時にもなっていない。珍しく勇一郎は家での残業、書類に軽く目を通すということもしないで寝室に入るらしい。

それが何を意味するのかわかり、澄絵には期待より戸惑いの方が大きかった。

あの事件から、澄絵は気分がすぐれないと口にしていた。勇一郎も事務所の所長として仕事が多忙で、夫婦生活がなかった。

寝室に入った澄絵は、照明が落としてあるにもかかわらず不安だった。汚された躰を抱かれるのは、何も知らない勇一郎への裏切りであり、冒瀆《ぼうとく》であるような気がする。

「忙しくて済まない」

抱かなかった半月を詫《わ》びる言葉だとわかった。抱き寄せられ、唇を塞がれ、澄絵は躰を堅くした。

勇一郎の舌が唇をこじあけ、中に入ろうとした。だが、澄絵はいつものように受け入れられなかった。つい顔をそむけようとしてしまう。その不自然さに気づいたのかどうか、ふいに勇一郎の動きがとまった。

はっとした澄絵は、勇一郎の背中に腕をまわし、自分から唇を押しつけ、舌を動かしていた。

勇一郎の舌もふたたび動きはじめた。拒んでいたような澄絵がいつになく積極的に挑んできたことで、勇一郎はすっかりのぼせあがった。

いつも受身の澄絵だった。それが、まるでちがう女のように激しく唇を求め、舌をからめてくる。結婚してこんなことはいちどもなかった。飛び出しそうなほど乱れた澄絵の鼓動が、勇一郎の胸を震わせた。熱い鼻息は勇一郎の肌を湿らせた。

舌を絡めて甘い唾液を舐め取りながら、ネグリジェの上から乳房をまさぐった。

「んく……」

瞬間的にピクリとした澄絵が、乳首をいじる勇一郎に舌の動きをひととき忘れ、切ない喘ぎを洩らした。

それを機に勇一郎は澄絵の唇から離れ、耳朶に息を吹きこみ、首筋を舐めまわした。いつもより熱く感じる若い妻の肌を、勇一郎は唇と舌先で丁寧に舐めまわした。

「はあっ……うぅん。あう！　ああっ！」

押し殺したいつもの喘ぎではない、大胆に思える大きめの声に誘われ、勇一郎の肉茎は若者のようにそり返った。


徹は泥棒猫のようにこっそりとドアをあけた。まだ十時というのに、外から見上げると、勇一郎達の団らんの場であるリビングの明かりが消えていたからだ。

ドアをあけると玄関だけでなく、廊下の明かりも消えていた。そして、寝室から女の声がわずかに洩れてきた。

「ああ……あっ……はああ……」

（あれは……）

動悸《どうき》がした。苦いものがこみあげてきた。

寝室に近づくと、澄絵の声がより大きくなった。

「あなた……ああ、いやっ……」

徹の胸が激しく波うった。

ドアに耳をつけた。

夫に抱かれて乱れているのを証明しているような声。もの静かないつもの澄絵からは決して想像できないその声に、徹は闇のなかに突き落とされるようだった。

それでいて、何とか澄絵を見たいと思った。だが、ドアをあけるわけにはいかない。ベランダから覗いて見ることにした。ベランダにはどの部屋からも出ることができる。そして、繋がっていた。

万が一、玄関の靴を見つけられてはまずい。手に持った。そして、和室からベランダに出た。

寝室のドアは閉まっているが、ぶ厚いカーテンの隙間からなかが見えた。照明は落としてあるが、はっきりとふたりが見える。

白い太腿を両手で押しひらいた勇一郎が、秘園に顔を埋めていた。頭が微妙に動いている。

澄絵の秘芯を熱心に舐めまわしているのだ。

澄絵はシーツをつかんで首を振り立てていた。振り立てながら何か言っている。防音効果がしっかりしている建物だけに、屋内でのように声は洩れてこない。けれど、さっきのように喘ぎ続けているのはわかる。

パンティは穿いていないが薄いネグリジェはそのままで、素っ裸よりいっそう卑猥に見えた。

澄絵がずり上がっていく。勇一郎の頭も上がっていく。だが、すぐにヘッドにぶち当たり、行き止まりになった。

勇一郎はつかんだ太腿ごと澄絵を引きずり下ろした。その拍子に、ネグリジェが胸までまくれ上がった。乳房が揺れた。

澄絵は太腿を閉じようとしている。勇一郎はさらに大きく押しひらいた。百八十度に近い破廉恥な角度に広がった澄絵の太腿の合わせ目を、勇一郎は執拗《しつよう》に舐めまわした。蜜をすする破廉恥な音さえ聞こえてきそうだ。

徹は口をあけてハァハァ息をしていた。身動きできなかった。

乱れた澄絵の黒髪がシーツに広がっている。頬や唇にへばりついているものもある。

ふいに顔を上げた勇一郎が胡座をかいた。それから澄絵の半身を起こした。腕を引き寄せ、前のめりになった澄絵の頭を股間に押しつけた。

ゆっくりと澄絵の頭が動きはじめた。

クンニリングスをしてやったからには、次はおまえがフェラチオする番だ……。肉棒を口に含ませるまでの行為を見ていると、そういう感じがした。

澄絵の横顔は髪に隠れているが、口を丸くあけ、屹立を必死に舐め上げているのがわかる。半身を起こしたと同時にあらわな腰を隠したネグリジェを、勇一郎が背中からまくり上げていった。肩甲骨《けんこうこつ》あたりまでまくった勇一郎は、背中を撫《な》でまわした。

澄絵の頭の動きがとまった。続けろというように、勇一郎の手が小さめの澄絵の頭を押えつけた。それから、背中を撫でる手は徐々に遠くに伸びていき、臀部に辿り着いた。澄絵がむずかるように尻を振った。

フェラチオをやめさせ、澄絵の上体を起こした勇一郎は、何か言って妻の躰を回転させた。ためらっているようなそのままの状態の澄絵を、勇一郎はぐいと押した。

前のめりに倒れた澄絵の腰をすかさず掬《すく》って持ち上げた勇一郎は、うしろから剛棒を女芯に突き刺した。

尻だけ掲げた澄絵は、勇一郎の抽送のたびに、いかに激しくうがたれているかを示すように大きく前後に揺れた。

外など警戒しているはずもないふたりは、ふだんの人格とはちがう動物の性だけで動いていた。

徹は息苦しいほど荒い呼吸をしていた。股間は痛いほど怒張し、ズボンをもっこり膨らませていた。

勇一郎が澄絵の子宮深く精液を噴きこぼすのだけは見たくなかった。歯ぎしりした徹は、ベランダを引き返し、和室を通って寝室の前に立った。

「あなたっ……ああっ！　あう！　はああっ……」

喜悦の声をあげている澄絵に、脳裏に焼きついているベランダからの映像が重なった。

「いいか、澄絵。もっとか」

「もうだめ……あ、あなた……あう！」

「まだだ」

いっそう激しくなったベッドの軋《きし》みとふたりの声に、徹は耳を塞いで玄関に戻った。

こっそりドアを閉めるとき、ぶるぶると手が震えた。

3

「さあ、きょうはいつものように身元は明かせませんが、ある令夫人の身体検査から行いたいと思います」

クラブ《ピティフル》の舞台の前に陣取って軽く酒を呑んでいた三十人ほどの客達が、ほうと声をあげ、期待に胸を膨らませた。

司会者の真似をしているのは、《ピティフル》経営者の志々目の悪友で店長の末崎だ。

「白い布がかかっているのは、ここにいらっしゃる多くのみなさんにはおなじみでしょうが、きょうがはじめての方も二、三人いらっしゃいますので、説明いたします。いえ、説明より布を取れば一目瞭然です」

舞台の中央ですっぽり白布を被っているものの傍らに立った末崎は、シーツを剝ぐように、ゆっくりと頭の方からその全体を露呈させていった。

足台のついた、腰部分のくりぬかれた形の内診台があらわになった。

「ご夫人の身体検査にはオマ×コ検診、おっと、これは失礼、内診検査が必要ですので、この内診台を用意したわけです」

ニヤニヤしている男達は、それに乗る女が早く出てこないかと、いつもは歌手やタレントが出てくる舞台の袖を見つめた。

「子供をひとり産んでいるというのに、ご夫人は内診台に上がるのが恥ずかしいということで、奥でうぶな娘のように震えています」

末崎は観客にいっそうの期待を抱かせるように説明した。

《ピティフル》は連日、歌手やタレントのショーで客を集めているが、それはキャバレーや少し大きなクラブの催しと変わりはない。

ホステスは七時から十一時四十五分までが勤務時間だ。同伴なら九時までに入ればいい。日曜祭日は休みで、日曜のきょう、客がこれだけ集まっているのは、月に二度の特別会員制の秘密ショーのためだ。

特別会員は秘密厳守。秘密ショーの存在を口外することは許されない。一般客として通っているうちに志々目と末崎に観察され、調査され、金払いがいいことはむろんだが、メガネに適《かな》った者達だけが声をかけられ、秘密の時間の存在を知るのだ。

勤めているホステスには、店の売上向上のために株主会議を頻繁にやっているのだということにしている。ホステスさえ、月に二度、ここで何が行われているのか知らない。

このショーに出される女は、ホステスなど問題外で、素人の令夫人達ということになっている。

素顔で堂々と見ている客もいれば、店から渡されたパーティ用の金銀、その他色とりどりのさまざまな形をしたマスクで顔を隠している者もいる。おおよそ誰かわかる形ばかりのマスクもあれば、目以外はすっぽり頭部を覆っているものもあった。

「では、令夫人のはじめての晴れ舞台です。特別に若くはありませんが、ういういしさにご注目ください」

白衣を着た経営者の志々目が、目の部分だけかすかにくりぬかれているが、頰の半分と額の大部分が隠れる大きな黒いレザーのアイマスクをつけた女を引っ張り出してきた。

さも患者というような、踝《くるぶし》まである筒型の白い木綿の簡易服を着せられている。袖も手首まであったが、胸の部分の布の隆起で、豊かな乳房だとわかる。

女は、観客をちらりと見て、それだけで萎縮し、羞恥にうつむいた。簡易服から出ている首筋が、みるまに赤く火照っていった。

マスクに隠れていない鼻と唇から、顔形の整っているのは想像できる。しかし、それより、慎み深さを濃く滲ませた顔だった。震える唇が可憐だ。

舞台はさして高くはないが、低い位置の客席のボックスからは女を見上げることになる。小さめの鼻の穴が、今にも泣きそうにわずかにひくついている様を見て、鼻吊りで責めたいと思う者もいれば、何も考えずに勃起する単純な者もいた。

女は素足の裏に接着剤をつけたように動かなくなった。

「さあさあ、奥様、この時間は、精密検査を予約なさったあなただけのために空《あ》けてあるんです。さ、どうぞ、ご遠慮なく」

司会の小男、末崎が手招きした。女は逃げるように身を引いた。それを志々目がぐいと押し出した。

女は宮本愛子といい、銀行マンの夫を持つ三十二歳の主婦だった。

三ヵ月ほど前、商店街の小さな店で急須を探していたとき、猫好きの愛子は可愛い猫の箸置きを見つけて手に取った。それを持って急須を探した。気に入りの急須がなく、店を出た。

そこで男に声をかけられた。それが志々目だった。指摘されてはじめて自分の握っているものに気づいた。万引するつもりはなく、すっかり忘れていたのだ。

ぽっちゃりした愛子をときどき見かけ、機会があれば何とかしたいと狙っていた志々目にとって、これほどの絶好のチャンスはなかった。店の者を装って脅し、喫茶店で素性を聞き、あとは内密にするからということでいたぶった。

夫は銀行マンという信用第一の職業だけに、その妻である愛子は、些細《ささい》なミスが公になることを恐れた。

いちど要求をのむと、いつもの手で、あとはビデオやテープを秘密裏に使われ、不倫を脅しに、ますます深みに落ちることになった。

志々目と末崎にさんざんいたぶられてきた愛子だったが、見知らぬ者達を目にした瞬間、恐怖や羞恥、激しい後悔に苛《さいな》まれた。

別の男の相手をしてもらうとは言われていたものの、こんな多くの男達の前に引き出されるとは思ってもいなかった。

「奥様、定期検診とはいい心がけです。さ、どうぞ」

末崎がまた手招きした。

舞台の袖に引き返そうとした愛子を、志々目の手ががっしりととらえた。あとは末崎との息の合った連携プレーで、あっというまに愛子の腕に、レザーの手枷《てかせ》が塡められた。

バンザイの格好で天井から伸びた鎖に繫がれた愛子は、足指の先が床から離れようとする間際まで滑車で引っ張り上げられた。

「いや……」

足裏が床から離れていては、身をくねらせるのもおぼつかない。長袖は肘《ひじ》近くまでまくれたが、糊のきいた木綿のようで、腋窩はしっかりと隠れていた。

舞台の中央で、釣り上げられた魚に似た動きをしている愛子に、観客の唇がゆるんだ。

末崎は舞台の端に下がった。

志々目が鞭を持って獲物の前に立った。観客が静まり返った。

半びらきの愛子の口から洩れる乱れた息と、服の下で波うっている胸だけが、会場の空気を揺り動かしていた。

志々目が鞭の柄で愛子の顎を持ち上げた。光沢のあるピンクのルージュを塗った唇が震えていた。

「さあ、奥様、リラックスして検査をはじめましょうか」

薄笑いを浮かべた志々目の言葉に、愛子はいやいやをした。声も出ないほど怯えていた。

「いつものように、シールは十枚、十人様にお渡ししてあります。選に洩れた方はまた次の機会をお楽しみに。順におひとりずつどうぞ」

直径十センチの赤い円形のシールを欲しがる者が殺倒し、いつも倍率の高いくじ引きになる。くじに当たった者も、順番でまた一喜一憂することになる。

鳥の羽根の形をしたマスクで目を隠した太り気味の男は、喜々として舞台に上がった。

男はためらうことなく、愛子の左腋にシールをペタリと張りつけた。

「おう……」

会場から意外だという低いざわめきが起こった。

「どうぞ」

志々目が鋏《はさみ》を渡した。

男は舌舐めずりしながら、赤いシールの縁に沿って鋏を入れていった。

何をされるか想像もできなかった愛子は、そのシールが、服の下の肌を晒すための許可範囲を示すものだと知り、いや、と掠れた声をあげて抗った。けれど、また釣り上げられた魚を連想させるくねくねした動きをすることにしかならなかった。

観客が意外だと思ったのも無理はない。最初に鋏を渡される光栄に浴する男は、たいてい秘園か乳房か臀部にシールを張る。

「いや……」

束縛された女の切ない声になおさら昂ぶりながら、男は正確にシールの形に布をくりぬいていった。

布片が切り抜かれた。伸びきった丸く白い腋窩で、栗色のうっすらした腋毛がそよいでいた。

「おう!」

たちまち男は勃起した。

この男にとって、もっとも興奮する女体の一部といえば腋窩だった。ヴァギナより乳房より、陰りを帯びたこのくぼみが好きで、きれいに剃《そ》り上げられたり脱毛された腋より、こうしてうっすらそよぐ腋毛がある方が、無毛のくぼみより何十倍も感じる。

ペニスをヴァギナに挿入するより、腕を脇腹につけさせ、そのあわいに押しこんで腰を動かす方が昂ぶる。そんな彼にとって、愛子の腋窩はこのうえないご馳走だった。

「ご満足のようで何より。では、十秒間だけご自由に」

志々目が時計を覗いた。

興奮の鼻息を洩らしながら、男は指で腋毛の先の感触を確かめた。それから、くぼみに触れた。

「い、いや」

おぞましさとくすぐったさに、愛子は身をよじった。腋窩に鼻をつけ、大きく息を吸ったあと、男の口が腋窩を舐め上げた。

「あう、いやっ」

生あたたかい舌先に、総身が粟立《あわだ》った。

「時間です」

志々目の声がした。

次の男が傍らに立ったとき、愛子は無理を承知で逃げようともがいた。だが、もがけばもがくほど男達を昂ぶらせ、志々目と末崎を喜ばせた。

次の男は愛子のうしろに立ち、臀部の双丘のあわいにシールを張った。

「いやっ！　いや！」

これまでとちがう愛子の大きな声が響いた。鎖に体重をまかせ、尻を振った。いっせいに観客から笑いが起こった。

「どうぞ」

志々目が鋏を渡した。

「いや！　だめっ！」

あきらめきれずに愛子は男の手から逃れようと尻を振り続けた。

男は鋏を入れられずにいた。

「ちょっとお待ちを」

志々目は愛子のうしろに立ち、鞭を振り上げた。それは、シールのない豊臀の部分に振り下ろされた。

「ヒイッ！」

激しい痛みが走った。

着衣ごしの鞭だったが、これまで志々目達がプレイで使ったのはソフトな房鞭だった。房鞭とはいえ、ハード鞭を使われるのははじめてで、愛子は涙を滲ませた。

志々目が前にまわって鞭の先で乳房をつついた。それから、そこを打つぞというように、狙いをつけて振り上げた。

「ヒッ！」

志々目がまだ鞭を振り下ろさない前に、たった今の痛みを頭で反復した愛子は声を上げた。そして、恐怖のあまり失禁した。

長い木綿の服で隠れている脚の間を伝った聖水は、最後は踝を伝い、両足の内側から流れ落ち、床を濡らしていった。

「おう」

「お……」

観客からいっせいにどよめきが起こった。どよめきと同時に、愛子は放心して口をあけたまま、力をなくして鎖にだらりとぶら下がった。

志々目の二度目の打擲はなかった。

「せっかくの令夫人のお洩らしが、服に隠れて見えなかったのは残念でした」

司会役の末崎が、さっそく愛子を囃《はや》した。

「お待たせしました。どうぞ」

志々目は聖水の溜りを拭《ふ》くこともなく、愛子をうしろ向きに回転させた。アンモニアがほのかに漂っている。

尻にシールを張った男は、小水で濡れている女園に気持ちが動いていたが、規則どおり、そして、自分のいちばんの好みどおりに、シールを張った部分をくりぬいていった。

（いや……いやいや）

すでに声を出す力はなく、愛子は虚《うつ》ろな心で反芻《はんすう》した。

（いや、いや……）

尻の合わせ目があらわになった。男は指で尻たぼをくつろげ、羞恥にひくつく菊花を鑑賞し、匂いを嗅いだ。

「ああ……」

羞恥というより、もはや人格のない女であることを悟った愛子の落胆の声だった。

短い時間を匂いを嗅ぐことだけに集中した男は、ズボンを膨らませて席に戻った。

三番目の男は聖水が乾かないうちにと、女園にシールを張った。

愛子が失禁したあとだけに、この男だけでなく、観客すべてが、そこを早く見たいと気持ちが逸《はや》っていた。だが、そこがくりぬかれても、わずか直径十センチの円では、まん前で見られる男のように、聖水で湿った恥毛まで観察することはできなかった。

愛子の失禁で、次の男は太腿を切り抜き、小水の伝った肌を舐めた。残る六人のうち三人までが脚を切り抜き、失禁した愛子を面白がっていた。ふたりが左右の乳房、最後のひとりは好みの場所を九人に先取りされ、軽く溜息をついて臍《へそ》の部分を切り取った。

十人の男による丸い切り抜きは、ほんのお遊びにすぎない。だが、女は短い時間にこれからの不安に苛まれ、羞恥に汗をこぼしていた。マスクで顔の一部は隠れていても、唇だけで十分に心の動きを覗き見ることができる。

模様のようにあちこちを切り抜かれた衣服を、志々目が裾から上に向かって一気に切り裂いていった。

ようやく総身が晒され、観客の視線が愛子に集中した。

いかにも安産型に見える腰つきだ。ウエストは細くはないが、その肉づきのよさがルノアールの描いた一連の裸婦を連想させた。いかにも肉感的で、脂の乗った人妻にふさわしかった。

衣服を身につけているときからわかっていたものの、乳房は子供に乳を飲ませている最中のように張りつめていた。

「このまましばらく可愛がってやりたいところですが、令夫人は腕も疲れてきたことでしょうし、とりあえずこの姿勢からいったん解放することにしましょう」

鎖が下ろされ、麻痺しかけていた腕を下ろすことができた素っ裸の愛子は、まだ乾いていない自分の小水のなかにへたりこんでしまった。

「奥様はよほどご自分のオシッコがお気に入りのようで、立ちションのあとはご覧のように、そのオシッコで入浴のようです」

尻と片脚の腿の付け根を小水の溜りのなかにつけている愛子を、末崎が笑った。

「洩らしたのは、泌尿器の病気のせいかもしれません。さっそく内診台で大股びらきになってもらい、じっくり診察してみましょう」

志々目が末崎の言葉のあとを継いだ。

へたりこんでいた愛子は、耳に入った言葉に我に返って顔を上げた。

「さ、どうぞ」

内診台を勧めた志々目に、愛子はいやいやと首を振った。やさしい肉のついた肩先と胸が喘ぎはじめた。

「さあ、どうぞ、ご自分で」

「いや……」

後じさろうとする愛子の胸を、志々目がにやりと笑ってつかんだ。

「いやっ！　いや！」

観客の誰ひとりとして味方がいないとわかっても、愛子はあきらめることができなかった。あきらめたはずが、次には我に返り、抵抗せずにはいられない。また辱められ、人格のない身に堕《お》ちたことを知らされるだろうが、まだまだそう簡単に奴隷の身に堕ちてしまうことはできない。

身の上をあきらめきれない半端な女だということで、志々目をはじめ、観客の男達の目を楽しませているのも知らず、愛子はつかまれた腕を離そうともがいた。

末崎がやってきて、愛子の上半身を、志々目は下半身を抱えて持ち上げた。

「いやあ！　いやっ！」

つい今しがたまで放心していた女が、ふいに生き返ったように元気な抵抗をはじめたことで、男達の興奮が昂まった。

「せっかく予約しておきながら、いまさらイヤはないでしょう、奥様」

末崎は喜々とした笑いを浮かべながら内診台に愛子を乗せた。下半身も乗ったところで、二の腕と手首が台の側面にベルトで固定された。

「いやっ！　いやあ！」

身をよじっても、愛子の上半身は動かず、首だけしか持ち上げることができない。脚を蹴《け》上《あ》げるようにして暴れた。

上半身を固定し終わった末崎は、片足を担当し、膝を足台に乗せてベルトで固定した。志々目も残る片足を、余裕たっぷりに足台に乗せた。

Mの字になった脚の膝から下が空に浮いた。いやいやと叫ぶ愛子は全身で抗っていたが、動かせるのは膝から下だけだ。

身動きできない拘束より、足だけでも躍起になって動かされる方が、獲物の抗いらしくてよかった。観客の興奮の度合も昂まった。

特別誂《あつら》えのプレイ用の内診台の上半身が三十度ほど持ち上がった。天井を見ていた愛子に、観客達が見えるようになった。むき出しの自分の腹部も見える。

屈辱の姿を男達に晒しているのだということを、否応なく自分自身に見せつけられることになった。愛子はちぎれるほどいやいやと首を左右に振りたくった。

白いむっちりした太腿の狭間で、うっすらした恥毛に囲まれた秘貝がぱっくり口をあけている。菊蕾まで丸見えで、愛子の気持ちを表すように、ヒクヒクとすぼまりがひくついていた。

大きなピンセットでガーゼをつまんだ志々目は、愛子がへたりこんだときに小水で濡れた尻と脚の一部をぬぐうと、わざと鼻に近づけて匂いを嗅いだ。

「いやァ！」

総身の抗いで、レザーのベルト部分がギシギシといっせいに音をたてた。

「特別悪い病気ではないようですが、診察前に外性器の消毒をしておきますよ」

掻痒《そうよう》感を起こす物質を染みこませた濡れた脱脂綿をピンセットでつまんだ志々目は、まずは肉厚の花びらの外側の肉溝を拭いた。

「あう」

冷たさと妖しい感触に、肉づきのいい尻がびくりと跳ねた。

花びらの脇からクリトリス、秘口の縁へと脱脂綿を滑らせた志々目は、最後に会陰を伝いながら下り、菊蕾を這って動きをとめた。

「ああ……」

花園の表面を這っていく感触に、愛子は精いっぱい尻を動かした。

「消毒が終わったところで、次はクランケの要望にこたえて、順にやっていくことにしましょう。さあ、何が望みかな」

「下ろして。いやっ！」

好奇に満ちた男達の視線から逃れたいと、愛子はまだ無意味な抵抗を続けていた。

そうしているうちに、陰部がじわじわと痒《かゆ》くなってきた。志々目が脱脂綿で触れたところだと気づいた。

「ああっ……いや……」

特に女壺の縁と菊口の掻痒感がたまらない。手を使えないことは残酷だった。

「いやっ！　解いてっ！　やめてっ！」

必死に尻を振りたくるたびに、宙に浮いている二本の脚が揺れた。尻を振り、内診台に擦りつけ、何とか掻痒感から逃れようとするものの、花びらや肉のマメの痒みはいっそう酷くなるばかりだ。

「解いてっ！　お願い！　いやっ！」

髪を振り乱して首と尻を振りたくる女に、男達の視線がぎらついた。

「ご覧のように、さっき粗相をしたご夫人は、今度は腰を振りたくって男を欲しがっていらっしゃいます」

末崎の声が弾んでいる。

「このまま尻を振っているか、コレを入れるか、どっちがいいかな」

志々目がピンクのバイブを、愛子の顔の前に突き出した。

「い、入れてっ！　早くっ！　入れて！　入れてェ！」

汗まみれの愛子は、苦しいほどの秘園や菊花の痒みに耐えきれず、それから少しでも解放されたいと、入れて、と叫び続けた。

「ご夫人は相当好きもののようです」

末崎が囃した。

「どこに入れますか、奥様」

志々目が焦らした。

「アソコ！　アソコに入れて！　ああ、早くっ！」

自分の手を使えないだけ、いっときも早くバイブの抽送を受け、少しでも痒みを和らげたかった。

「アソコと言われても、いったいどこのアソコかな。入れるところはいろいろあって、はっきり言ってもらわないとわからない。私の白衣のポケットにでも入れるか」

「ああっ！　ヴァギナに入れて！」

「はて、これまで何度も、もっと上品な言葉で教えたはずだが。そんな三文字じゃなく四文字で」

「ああ、オ、オマ×コ……オマ×コに入れてっ！　早くっ」

「ご夫人はヴァギナよりオマ×コと言う方が上品だと思っているようです」

末崎は志々目と愛子を見て昂ぶりながらも、司会者らしく間《あい》の手《て》を入れるのを忘れなかった。

バイブがぬれ光っている肉の狭間に押しこまれた。だが、奥まで入りこんだものの動かなかった。

「早くっ！　動かして！」

愛子は尻を振って催促した。

「オマ×コだけでいいのか」

「う、うしろも！　入れてっ！」

菊口の痒みも耐えがたかった。ふたりにアナルを開発されている愛子にとって、菊花にバイブを入れられることは屈辱であっても、もはや恐怖ではなかった。

今は前にもうしろにも、できるなら、すべての性愛部分がぐちゃぐちゃになるまで、何かで激しく刺激されたかった。

ひくつく菊蕾にも太いバイブが押しこまれていった。

「うぅん……あぐぐ……」

深く息を吐き出したあと、菊花にバイブが沈んでしまうまで、愛子は息をとめていた。

両方のバイブがグネグネと動き、乱暴に抜き差しされた。しかし、菊びらや蟻の門渡り、肉のマメなどの痒みが、それで治まるはずがなかった。

「解いて！」

志々目は愛子の心境を尋ねるまでもなかった。

「自分でいじりまわすか。えっ？」

「ああっ、自分で、自分で」

「自分で何だ」

「さ、触らせてっ！」

「自分でオマ×コを触るということは、オナニーするということなんだな」

「お、オナニー、自分で！」

　掻痒感から逃れることしか念頭にない愛子は、観客達に見られていることも忘れていた。

　三十度ほどの内診台の上半身の角度が、さらに深くなり、六十度ほどになった。足台に拘束した膝はそのままで、愛子の腕と手首のベルトだけが解かれた。

　大小さまざまなバイブやスプーン、わけのわからない物の乗ったワゴンを、志々目は愛子の傍らに置いた。

　愛子は躍起になって、秘芯と菊壺に挿入されているバイブを動かした。それから、ワゴンのスプーンを取って、丸みを帯びた背で肉のマメをグリグリと押しつけた。

「あああ……くくっ……」

　いたぶっているとしか思えない、愛子の我を忘れた必死の動作に、ニタニタしていた男達の目は今では真剣になり、息を呑んで夫人の狂態を凝視していた。

　頃合を見計らって、愛子の外性器が丁寧に洗い流された。

　掻痒感はなくなったものの、身も心もクタクタになった愛子は、自分が何をしていたかがわかり、マスクをつけているのも忘れ、両手で顔を覆った。

「超淫乱の令夫人を、あとでじっくりいたぶってみたい方は、いつものように、後ほど金額を書いてお出しください。一番高い値をつけた方に二時間お渡しいたします。このままショーが終わるまで、大股びらきで隅の方に置いておくことにします」

重量のある内診台は移動できるようにはなっているが、ひとりでは無理だった。志々目と末崎が舞台のやや右端に台を押していった。

「いやっ！　いや！」

このまま客達の前に放置されると知り、愛子は激しく抗った。腕がまた拘束された。

「さて、次は今回で三回め、すっかりいたぶられるのが快感になって、この日を楽しみにしていたという、前もうしろもいじられるのが大好きなM女の登場です。ソフトにやさしく責めた、このはじめての人妻とはちがい、三回めということもあり、きょうはハードに責めさせてもらいます」

愛子のことなどすでに眼中にないというように、末崎は次の女の紹介をはじめた。

うしろ手にくくられた小柄な女が、志々目によって引き出されてきた。目以外の頭部はすっぽりと赤いレザーのマスクで覆われていた。

やはり志々目に狙われ、罠に堕ちた女だ。末崎の言葉と裏腹に、女は愛子のように抗っていた。

ヒュッと鞭が空を切り、次に女の悲鳴が広がった。

第三章　獣達の凌辱旅行

1

アルファGTVを運転してきた美冴は、マンションの前で車をとめ、澄絵を助手席に乗せると、スマートな運転で走りだした。

美冴に言われたとおり、勇一郎には上高地のホテル名を言っておいた。だが、着いたその場所が上高地かどうか、澄絵にはよくわからなかった。

ホテルではなく、唐松、モミの林に囲まれた二階建の山荘で、近くにほかの建物はない。

「ご覧のような一軒家よ。人目を気にすることはないの」

「ほんとにテープは返していただけるのね」

車に乗りこむときから、幾度となく澄絵が口にしている言葉だ。

問題のテープは車のトランクに入っている。美冴に見せてもらい、直接内容を聞かせてもらったのでまちがいない。それでも、そこにあるから返してもらえるとは限らない。美冴のマンションに行ったものの、結局は弄ばれただけだった日のことを忘れるはずがない。

「返してあげるって言ってるでしょ。年中同じものを聞いて悦ぶ単純な男なんて、そうそういないのよ。もう用済みなの。安心して」

美冴は煩《うるさ》そうにこたえた。

山荘の横に、すでに別の車が一台とまっている。ペンション風の宿泊施設なのだと澄絵は思った。それなら、美冴はさほど大胆なことはできないだろう。

だが、安心したのもつかのま、ドアをあけた瞬間、澄絵は「あっ」と声をあげた。

テーブルでコーヒーを飲んでいたふたりの男が顔をあげた。それが志々目と末崎だった。

ふたりの間で、罪のない愛らしい目をした小型犬のポメラニアンが尻尾《しっぽ》を振った。

丸太や太い梁《はり》をたっぷり使って建てられた山荘の一階には、向き合って十人ほど座れる一枚板の頑丈なテーブルと椅子、壁ぎわにソファー、つくりつけの棚などがあった。

ここは志々目所有の山荘で、プレイには好都合にできており、《ピティフル》の秘密ショーに出される素人女は、ほぼここに連れてこられる運命にある。たっぷり辱められ、彼らに逆らえない状況をつくられ、泣く泣く言いなりになるしかなくなるのだ。

両刀使いだが、男よりは女に、より興味のある美冴は、今回のように獲物を自由にさせてもらうことによって、彼らの手助けもする。ホステス達に宝石の出張販売をすることもある。

志々目達とは数年前から深い関係も持っている。

二度と会いたくないと思っていた獣と視線を合わせた澄絵は、暗闇に落ちていくようだった。冷え冷えとした非常階段で、ふたりによって辱められたおぞましい肉の感触が甦り、総身が粟立った。

美冴が男達と近い関係にあるのは当然わかっていた。だが、もしかして、この男達とは二度と会わなくてすむかもしれないと考えるようになっていた。男達はあれから電話一本寄こさなかったのだ。その矢先の唐突な出現に、澄絵は目を見ひらいたまま、黒っぽいスーツの胸元を大きく喘がせた。

「まだかまだかと待ちこがれていたところだ。久しぶりだな。できたらあのときみたいに、色気たっぷりの着物の方がよかったんだがな」

狡猾そうな笑いを浮かべた志々目が立ち上がった。澄絵は後じさった。

「遠慮しないで」

美冴がすかさず澄絵の背中を押した。澄絵はつんのめりそうになりながら、山荘のなかに足を踏み入れていた。

「帰ります」

「ここがお気に召さないってわけか。二泊三日の楽しい楽しい旅は、たった今はじまったばかりじゃないか」

志々目が近づこうとしたとき、澄絵は躰をまわし、ドアから出て行こうとした。美冴が躰で通せんぼした。

「帰して」

「ふたりでまた可愛がってあげたいんですって。女相手もいいでしょうけど、男も欲しいんじゃないの？」

「しばらくはもういいって言うぐらい、下の口にぶっとい奴を入れて可愛がってやるからよ」

小男の末崎がせせら笑った。

「いやっ！　帰して！」

澄絵は美冴を退《ど》け、ドアから出ようとした。

「ここにいる間に、俺達の言うことをよく聞くように、たっぷり躾《しつけ》をしてやるからな」

志々目の手が獲物を捕えた。

「いやァ！」

澄絵の叫びが広がった。

志々目と末崎によってスーツの上着とスカート、スリップを脱がされた澄絵は、黒のブラジャーとパンティ、ガーターベルトにストッキングをつけた姿で、暖炉寄りの丸柱にうしろ手に拘束された。

ブラジャー、パンティ、ガーターベルトのセットは、美冴から数日前に渡されたものだ。それをつけて来るように言われたのでやむなくつけてきたが、パンストばかり穿いていた澄絵にとって、はじめてつける淫靡なインナーは面倒だった。

素っ裸でないにせよ、澄絵にとっては裸同然の恥ずかしい姿だ。男達の視線に晒されている屈辱に、躰が震えた。

「美冴さん、助けて。いやっ！」

見えない手首のいましめを解こうと、澄絵は躍起になった。丸い左右の肩の動きが激しいだけに、いかに澄絵が追いこまれているかがわかる。上半身をくねらせているため、顔も腰もブラジャーに包まれた乳房も、右に左に忙《せわ》しく動いた。

美冴も志々目達もテーブルに着き、そんな澄絵を肴《さかな》に、それぞれが好きな酒を呑みはじめた。

「プレゼントした黒い下着がお似合いよ」

「娼婦願望の女ですと言ってるようだな」

「あの日はじっくり可愛がる時間がなくて悪かったな」

「いやっ！　解いてっ！」

三人の見物人がゆったりしているだけに、澄絵は焦りに焦った。二泊三日という美冴との約束の時間が、気が遠くなるほど長い時間に思える。そんな時間を彼らとともに過ごせるはずがなかった。

「解いて！　解いてっ！」

丸柱が揺れている。柱を倒してでも逃げるのだと言っているような、必死の抵抗だ。

「煩いメスだ」

冷酷な目をして椅子を引いた志々目は、澄絵の前に立った。志々目の飼犬であるポメラニアンも、尻尾を振りながら澄絵の前に立った。

ハアハアと息を吐く澄絵は、志々目に何をされるのか恐怖心でいっぱいだった。

「さっさと気持ちいいことしたくて催促したつもりか」

柱にぴたりと背をつけた澄絵は、怯えた目をしていやいやをした。体温にまぶされた甘い汗の匂いがあたりに漂った。ぽってりした唇がかすかに震えている。

にやりとした志々目はブラジャーのフロントホックをはずした。押えられていた白いつるつるの乳房が弾み出ると、ブラジャーは床に落ちた。

「いやっ！」

うしろ手に拘束されていては、乳房を隠すどころか、どうぞ、というように晒すことにしかならない。

「いいオッパイだ」

大きめの乳暈のまん中で実っている色素の薄い乳首を、志々目の指が軽く弾いた。

「あう！」

反射的に胸が突き出され、無防備なふたつの膨らみが揺れた。

「こんな乳首を見てると、ニップルピアスをプレゼントしたくなる。乳首を貫いてするピアスだが、おまえにはなかなか似合いそうだ」

澄絵の総身に冷たいものが走り抜けていった。

「欲しいか。ダンナも悦ぶかもしれないぜ」

唇を歪めながら乳首を指で挟んで揉みしだく志々目に、澄絵は首を振ることしかできなかった。唇が乾いた。おぞましさと恐怖が全身を浸している。

「欲しいならお願いするといいわ。プレゼントしてくれるわよ。ほんとに素敵な乳首だもの。似合うと思うわ」

美冴の言葉に首を振り立てながら、澄絵は眉間に皺を寄せて泣きそうな顔をした。そんなものをされてしまえば、二度と勇一郎に抱かれるわけにはいかない。

志々目の親指と人さし指は、つまんだ左の乳首だけを揉みしだいていた。強く、弱く、強く……。その強弱のつけ方の微妙さに、秘芯のあたりが疼いてきた。

冷酷な男でありながら、指先だけはまったく他人のもののように、あくまでもやさしく動き続ける。

指から逃れようと、澄絵は丸柱に背中をくっつけ、さらに身を引こうとした。だが、それ以上どうしようもなく、胸を右に左にとくねらせた。

澄絵が動くと、志々目の指はその動きに確実に従いながら、すっかりしこってしまった乳首を丁寧に揉みしだき続けた。

「いや……」

澄絵は足指をもぞもぞさせながら、太腿を堅くくっつけては力を抜き、また太腿に力を入れた。呼吸が徐々に荒くなっていた。動いて気を紛らしていなければおかしくなりそうだ。乳首がずくずくしている。その妖しい疼きが下半身をも疼かせ、触られてもいない肉のマメを脈打つように甘く刺激している。

「オマ×コしてくださいと言ったらどうだ。欲しいんだろう。オマ×コがべっとり濡れてるのは見なくてもわかってるんだ。ヒクヒク鼻の穴を膨らませて、何てスケベな顔をしてるんだよ」

指の動きはとめずに鼻で笑う志々目に、澄絵は唇を噛んだ。

志々目の肩ごしに美冴が見えた。ときおりこちらをちらりと見るが、澄絵の救いを求める視線など無視した顔で、ウィスキーのグラスを傾けている。

末崎は酒を呑みながら、下卑《げび》た顔をして澄絵を眺めていた。

志々目の指が、両方の乳首をいっしょに弄びはじめた。

「ああっ……いや……やめて……」

顎を突き出し、いやいやをしながら、澄絵の足が片方の足の甲を踏みつけはじめた。交互に左右の甲を踏みながら、必死に気を紛らそうとした。だが、ズンズンする疼きは、いっそう澄絵の躰を切なく狂おしくしていくだけだった。

「やめて。やめて。お願い」

「感じすぎるからやめてくださいと言ったらどうだ。それとも、オマ×コしてくださいか。どっちなんだ」

澄絵は鼻と口から湿った息を噴きこぼしながら、泣きそうな訴える目をして首を振りたてた。

「黙ってちゃわからねェんだ。そうだ、おまえの足元で尻尾振ってる、この可愛い俺のワン公をまだ紹介してなかったな。マシーンって名前なんだ。機械のマシンだ。マシンよりマシーンの方が呼びやすいだろ。忠実な奴でな。おまえもちったァ、このワン公を見習ったらどうだ。嬉しいときは尻尾のかわりにケツでも振ってみせな」

名前を呼ばれたと思っているのか、マシーンが派手に尻尾を振った。

「俺の指がいやならいやと言ってみろ。やめてやってもいいんだ。自分の気持ちははっきりとその口で言いな」

「やめて。いや」

「俺の指のことか」

「指、いや。いや」

「そうか、わかった」

あれほど執拗だった志々目が、あっさりと指を離した。だが、同時に澄絵の総身の疼きが引いていくわけではなかった。むずむずするような埋み火がくすぶっている。澄絵の黒いショーツには、すっかり大きな丸い染みができていた。

志々目はつくりつけの棚から乗馬鞭を取って、澄絵の前に立った。たちまち鳥肌立っていく澄絵の肌を見つめ、志々目は鞭の先で乳首をつついた。

「あう……」

恐怖に満ちた短い間隔で喘ぐ澄絵は、乳首を突いている鞭の先をまず見つめ、次には志々目を見つめて喉を鳴らした。

「こうやって乳首をいじられて、おまえのオマ×コはぐっしょり濡れたわけだ」

鞭の先が乳首を離れてすっと下り、染みを広げたショーツでとまった。

「あ……」

鼠蹊部を中心に、太腿が硬直した。澄絵は太腿を堅く合わせた。そのYの字の中心の染みを、鞭の先が辿って這いまわった。

「いや」

太腿をつけたまま腰を振り、その卑猥な追求から逃れようとした。

「このでかい染みはオシッコじゃないだろう。気持ちよくて濡れた証拠ってわけだ。こうやってココを触ると、もっと派手に濡れてくるんだろう？」

ショーツごしにスリットを下から上に向かってなぞった。

「あう」

肉のマメのちょうど真上でとまった鞭は、コリコリしたその感触を楽しむように、つついたり円を描いたり、澄絵のもっとも敏感な突起を弄びはじめた。

「いや……あっ……」

澄絵は尻を丸柱に擦りつけながら、腰を左右に動かした。勃起した乳首を乗せたCカップの乳房は、澄絵の動きが速いほど大きく揺れた。

鞭の先がショーツに入りこんだ。翳りの間を伝って下がり、今までショーツごしに触れていた肉のマメに直接触れた。

「ああっ……やめて」

張りつめたシルクのようなすべすべの鼠蹊部がひくついた。

鞭は肉のマメの形を確かめるように全体をまんべんなく触ったあと、ショーツの舟底を押した。鞭はしなりながらショーツを引き下ろしていった。

「やめて……」

すぼめている脚を、逆に人の字に大きく広げれば、ショーツが下がっていくのを阻止することができる。けれど、そんな破廉恥な姿になれるはずもなく、澄絵はゆっくりと下がっていくショーツを、じっとりと汗を滲ませながら見ているしかなかった。

ショーツは膝の上でとまった。包むものをなくした淡い茂みが汗で光っている。色白の肌だけに、楚々とした逆三角形の翳りとはいえ、黒い蝶がとまっているかのような強いアクセントになっていた。

中途半端に引き下げたショーツをそのままにして、志々目はテーブルについた。ポメラニアンのマシーンも尻尾を振って、彼についていった。

三人の視線に凌辱されている屈辱に、澄絵は喘いだ。太腿を閉じてわずかでも翳りを隠そうとあがいた。半端なままのショーツが恥ずかしかった。つけ慣れないガーターベルトも恥ずかしかった。いっそ、一糸まとわぬ姿で晒された方が楽かもしれないなどとも考えた。

「オツユの出もいい。触ればたちまち潮吹きみたいに溢れてくる」

「あのときは着物でムキムキできずに残念だったが、こうして見ると、まったくいい躰してるぜ。白い肌に形のいいオッパイ。恥ずかしげにそよいでいるオケケなんか、俺好みで最高だ。オマ×コの締まりがいいのは確かめてあるからな」

末崎が口笛を吹いた。

「オマ×コの締まりがいいということは、ケツの締まりもいいということだ。ということは」

「ということは、ケツにマラをぶちこむには、訓練に時間がかかるということだ」

「そういうことだ」

「こんなにゆっくりしている暇はないということか」

「さっさとチャイムを鳴らして、一時限めのお勉強に入るべきかな」

男達の口にする言葉に、澄絵はおぞけだった。

「その前に、愛する忠実な俺のマシーンをちょっと遊ばせるか。おい、用意してくれ」

「あいよ」

末崎は喜々として部屋の片隅の二メートル余りの階段箪笥《かいだんだんす》を動かし、拘束された澄絵の横につけた。

末崎が席に戻ったところで、

「マシーン、行け。上からだぞ」

志々目が顎をしゃくった。

ワンと吠えたマシーンが、箪笥の階段を駆け上った。

小型犬なので恐怖はなかった。だが、胸の高さで止まったマシーンが尻尾を大きく振って左の乳房を舐めたとき、澄絵は声をあげた。

水でも飲んでいるように、マシーンは一心に乳房を舐め上げてくる。ペロリと舐め上げる最後の舌先が乳首に触れ、くすぐったさを伴った快感が駆け抜けていく。

「あはっ……やめてっ……あう」

乳首は痛いほどしこっていた。引けるだけ胸を引いた。むだなこととわかり、伸びをして胸をわずかに高くした。次には膝を曲げてわずかでも低い位置に持っていこうとした。

マシーンは顔を上げたり下げたりして、澄絵の意志など知らぬげに、相変わらず乳暈から乳首に向かってペロペロと舐め上げた。

「いやっ、だめっ……あうん……」

マシーンから離れようとして躰を動かすほどに、見物人からの笑いが広がった。

「オイチニオイチニのラジオ体操でもはじめたようだぜ」

「気持ちよすぎてタマンナーイって顔だな」

美冴はゆっくりと酒を呑んでいるだけで、ことさら男達のように、澄絵を辱める言葉を出そうとはしなかった。

澄絵の肌にはじっとりと汗が光っていた。機械のように等間隔に舐め上げてくる犬の生ぬるい舌。ずくずくしておかしくなりそうだ。

「やめて……やめて！　やめてっ！」

下半身まで脈打つように疼いていた。

「マシーンって名がついてるわけがわかったか。ストップがかかるまで、機械のようにいつまでもナメナメを続けるんだ。次は、ヌレヌレのところをしゃぶらせるからな。さっきから触ってほしくてたまらないんだろう？」

志々目の目が笑っている。

「マシーン、ストップ！　オマ×コに行け」

ストップがかかったとたんに乳房を舐めるのをやめたマシーンは志々目を見つめ、簞笥の階段を二段下がった。

「やれ！」

左横から、マシーンは乳房のときのようにペロリと舐めた。機械のような舐め上げがはじまった。

大陰唇からややはみ出している大きめの花びらを舐められると、花びらの動きで、そのあわいめの肉のマメが刺激された。乳房への舐め上げで昂まっていた感覚が、秘園への生あたたかい舌の刺激で一気に絶頂に向かって駆け昇っていった。

「んんん……くううっ……はあああ……」

もはや逃れるすべはなかった。大きく口をあけ、乳房を喘がせ、うしろ手にくくられている手を握りしめ、鼠蹊部を突っ張り、爪先に力を入れた。

迫ってくる。高波が押し寄せてくる。

「ああっ！」

最初のエクスタシーが訪れた。眉間に険しい皺が寄り、ひらいた唇から白い歯が覗いた。同時に、乳房と顎が突き出された。汗でねっとりした鼠蹊部が硬直し、痙攣した。

澄絵の時間が一瞬とまった。見物人は、巨大なフライパンに乗せられた澄絵が、火をつけられたショックで大きく跳ね上がったように見えた。

マシーンは機械らしく、たじろぎも見せず、ただ一心に花びらを舐め上げていた。

「んんっ！　うくっ！　あう！　ヒッ！」

やむことない刺激に、エクスタシーの余韻を味わう女の悦びなど完全に無視され、苦痛となった快感の二波、三波が次々と押し寄せてくる。

電気ショックを受けているように、澄絵は口を大きくあけたまま、白目を剝いてガクガクと痙攣を続けた。

「ヒイイッ！　あうっ！　やめてっ！　ああっ！　んんん！」

しとやかだった澄絵も狂ったように声をあげ、滑稽で猥褻な踊りを続けるしかなかった。

躰は勝手にバネじかけの人形のように痙攣し続けた。

「ご主人様、私を調教してくださいって言ってみろ。マシーンのしゃぶりをやめさせてやる」

やってきた志々目が、澄絵の正面で言った。

「あわわ……ヒッ！　ああっ！　ご、ご主人様……くう！　わ、私を……んくっ……調教してください」

喋《しゃべ》っている間にも次々とエクスタシーが駆け抜けていく。

「はっきり言え。もう一度だ」

「あうう……ご主人様……んくっ！　私を調教してくださ……ヒッ！　ください」

「ストップ！　いいぞ、マシーン」

舐めるのをやめたマシーンが尻尾を振った。

丸柱にくくりつけたロープを解いてやると、澄絵は膝を折り、腰が抜けたように、そのままその場にズルズルと沈んでいった。

2

続けざま気をやったため、すっかり体力を消耗した澄絵は、そのまま眠ってしまいたかった。だが、山荘に着くなりすぐさま辱められてしまったように、志々目達のいたぶりは容赦なく続けられた。

いつかは味方についてくれるかもしれないと、わずかな望みを抱いていた美冴は、近くをドライブしてくるわ、と言いおいて、さっさと出かけてしまった。

「便秘はしないか。便秘なら、泣いて喜ぶオカンチョーってわけだ」

裸に剝いた澄絵の前で、志々目が太いガラス浣腸器にぬるま湯をたっぷり吸い上げた。

「ほらほら、さっさとワン公になってケツを突き出しな。ウンチまみれのケツに指を突っこまれたくはないだろ」

末崎が腰を掬い上げようとした。

「いや……これ以上辱めないで……」

逆らう力も残っていないが、まだ命じられるままに動くこともできなかった。

「これ以上だと？　まだおまえを辱めた覚えはないぞ。これから楽しもうと思ってるんだ。お浣腸してくださいと言って、さっさとケツを向けな」

「許して」

「マシーンに舐められたぐらいじゃ、こたえてないというわけか。もう少しナメナメさせてもいいんだ」

志々目は末崎に顎をしゃくった。

「来な」

ソファーにうつぶせにした澄絵の上半身を、末崎ががっしりと押えつけた。

「いや」

体力を使い果たしていた澄絵は、虚しく抗いのそぶりを見せるだけだった。

「ほら、汚いケツの穴を舐めてやりな」

小型犬には高すぎる澄絵の腰を、志々目がぐいと押えつけた。サーモンピンクのひくつくすぼまりを、マシーンがすぐさまピチャピチャと音をたてて舐めはじめた。

「ヒッ！　あう！　あくっ！」

まだ誰にも触られたことのない菊の蕾だった。いきなり舐められ屈辱がよぎった。気色悪さに皮膚がそそけ立った。

だが、たった二、三度舐められただけで、屈辱や気色悪さより、くすぐったさと疼きに身悶えしていた。花園を舐められたときとはちがう疼きだ。

肩先を押えている末崎がせせら笑っている。腰を押えつけている志々目は、愛犬のピンクの舌先の可愛い動きを満足げに眺め、唇を歪めていた。

「うぅん……あは……はあっ……」

肩先も腰も動かせなかった。菊口を刷毛のようになぞり続ける生あたたかい舌に、頭がおかしくなりそうだ。その頭を振る力もなかった。力はないが、迫り上がってくるものがある。

(やめて。やめて。もうやめて)

自分がどこにいるのか、何をしているのか、それさえわからなくなってきそうだ。

あいている志々目の片手が秘園に触れた。蜜液でぬるぬるになっているのを確かめると、マシーンにストップをかけた。

「指でもチンポ×でも、犬の舌でも、ともかく何でもいいという淫乱夫人には、仕置するに限る。浣腸はぬるま湯はやめにして、たっぷりグリセリンをぶっこんでやるからな」

五十パーセントグリセリン液を作ってガラス器に吸い上げた志々目は、マシーンがピカピカにしたまだ処女地の菊口に、ガラスの嘴《くちばし》をつけ、ブスリと突き刺した。

「あう……」

すぼまりがキュッと閉じた。

「動くとやばいことになるぜ」

注入される液体が、ツツッと腸壁を刺激していく。

「やめ……て……」

異物が菊壺を刺し貫いているからには、たとえそれが小さな嘴であろうと動けない。これからどうなるかより、いま何をされているかだけで、死にたいほど恥ずかしかった。

服を着た男ふたりの前で素っ裸の自分が尻を突き出している。この山荘に足を踏み入れてから、あの非常階段で凌辱された時間より、さらに屈辱に満ちた時間が続いている。

「はじめてならこれだけで上等だろうよ」

グリセリン五十パーセントのイチジクの三十ccでも威力がある。志々目はその倍近い五十ccをゆっくりと注入して嘴を抜いた。

涎《よだれ》のようにすぼまりからグリセリンがわずかに垂れている。

「いいケツだ。美冴がひっぱたきたくなる気持ちもわかるぜ」

志々目が豊満な白い尻たぼを撫でさすった。美冴のマンションの風呂場で、澄絵は何度もスパンキングを受けた。それを知っているのは美冴以外にいない。美冴がそんなことまで志々目に報告していたのを澄絵は知った。

「女好きの美冴にさんざん悦ばせてもらったようだな。俺達はちがう方法で悦ばせてやる。飴と鞭と交互だ。メロメロになっちゃあ正気に戻り、またぼうっとしては我に返る。そうやって延々と楽しめるってわけだ。三日間、せいぜい楽しんでいきな」

三日間という時間を考えただけで気が遠くなる。末崎が押えていた肩先を放した。

それより、ガラスの嘴を抜かれてまだ一分もたっていないというのに、みるみるうちに腹痛がしてきて排泄感に襲われた。

「あぁう……お腹《なか》が……」

「腹がどうした」

「お、おトイレに……おトイレに行かせて」

「浣腸されたらできるだけ我慢するってのが楽しいプレイの常識だ。覚えときな」

「おトイレに行かせて。お願い」

周囲に視線を這わせ、トイレらしきところを探そうとした。

腸がグルグルと音をたてている。いつもは健康な澄絵にとって、そんな激しい蠕動《ぜんどう》は耐えがたかった。

「トイレは外だ。故障しちまっててなァ。残念だな。だが、ここには一軒しか建物がないんだ。どこでひり出してもケツを見られることはないから安心しな。俺達以外の誰も見やしねェ」

「そうさ、ここのトイレは使用禁止だ」

足指の先から悪寒《おかん》が走ってゆく。今にも菊口がひらき、排泄してしまいそうな危惧《きぐ》に、ますます澄絵は焦った。

全身の脂汗、特に、鳩尾《みぞおち》や乳房や額で光っている汗が、澄絵という女の躰をいっそう妖しく見せていた。苦悶の汗にもメスのエキスが含まれており、周囲のオスを呼び集めるためにヌメヌメ光って噴き出しているようだ。

粟立った総身を、澄絵は小刻みに震わせていた。汗でへばりついたこめかみの髪や、口に入った数本の髪が、澄絵の色気をいっそう際立たせている。

「お願い」

ねっとり光った裸体を隠すことも忘れ、澄絵は志々目の脚にすがりついた。

「お願い。お願い。お願い……」

「だったら俺のマラをしゃぶりな」

狡猾な目を細め、志々目が澄絵の前にすっくと立った。

「ものを頼むときは、それなりのご奉仕をしてからだ。しゃぶれよ」

ズボンを穿いたままの志々目に、澄絵はどうすればいいのかわからなかった。そんなことを考える余地はなく、便意を堪《こら》えるのがやっとだ。

「ズボンの上からこのまましゃぶるつもりかよ」

志々目の言葉でようやく気づいた澄絵は、菊口をぐっと締めて跪《ひざまず》き、ズボンのジッパーを下ろした。ブルーのブリーフが見えた。いっときも早く、耐えている排泄感から解放されたいと、澄絵はそのブリーフから、勃起した肉柱をすぐさま取り出した。

勇一郎のものより太い。血管の浮き出た肉棒に恐れをなしている暇さえなかった。大きく口をあけ、片手では握りきれない剛直を咥えた。ムッとする男の臭いに顔を歪めたのはほんのひとときで、あとは憑かれたように顔を動かした。

剛棒が喉につかえ、ゲッと吐きそうになった。すると、総身の細胞がゆるみ、菊花がひらいてその場で排泄してしまいそうになった。そのつど、どっと汗が噴きこぼれた。

髪を振り乱してフェラチオしている色白の人妻は肌を桜色に染め、汗みどろになっている。必死の行為は、肉棒が好きで好きでたまらないのだと言っているようだ。人格さえ変わったような澄絵の動きを、志々目は唇をゆるめ、冷徹な目で見おろしていた。

「まだまだそんなフェラチオじゃイケそうにないな。もっと舌を使ったらどうだ。同じことばかりしてないで、変化をつけてしゃぶったらどうだ」

志々目が努力の半分も買っていないのだと知った澄絵は、力が抜けていった。一心に奉仕していたつもりだった。落胆したことで菊蕾まで一気にゆるんでしまいそうだ。

「もうだめ。お願い、許して。おトイレに行かせて。お願い！」

跪いて志々目の腰にひしとすがりついた。

「ああっ……お、お願いっ！　もうだめっ！　行かせて！」

乳房が激しく喘いだ。一秒を争う限界のときだ。たったいまこの場で排泄してしまってもおかしくない状態だった。

「お、お願いっ！」

ブルブルと総身が大きく震えだした。唇も色を失って震えていた。

「さっき、私を調教してくださいと言ったのを忘れてないだろうな。おまえは俺の奴隷だ。これからはいつもそうやって、俺にものを頼むときは跪け。おまえは俺を軽んじた亭主のかわりに、奴隷になって奉仕するメスだ。わかったか」

「ああ、お願い」

汗みどろの総身の震えがますます大きくなってきた。

「おまえは奴隷だ。メスだ。こたえろ」

「あぁう、はい……」

「私はメス犬です。奴隷ですと言ってみろ」

「私はメス犬です。あああっ……ど、奴隷です。もう許してっ」

澄絵は気が遠くなりそうだった。

「おい、メス犬だと。首輪をよこせ」

「はいよ」

すでに手にしていた鎖のついた赤い首輪を、未崎が志々目に渡した。

汗でぬるぬるしている首に、赤い首輪がつけられた。

「部屋のなかで焦らすなよ。来い」

鎖を引いた志々目は、澄絵を外に連れ出した。澄絵の口から、もはやイヤという言葉も出なかった。

トイレという個室に連れて行かれるにこしたことはない。今の状況では、トイレはスイートルームにも匹敵する。この苦痛から逃れるためには、小汚い場末の劣悪の部屋でもかまわなかった。

澄絵は躰を立ててまっすぐに歩けなかった。躰を立てれば腹筋がゆるみ、すぐさま排泄してしまいそうだ。普通に歩いても、交互に動く脚の震動で排泄してしまいそうだ。背を丸め、小幅にヨチヨチと歩いた。

「イヌというより、まるでアヒルだな」

末崎が笑った。

「いまにもヒリ出しそうだぜ。臭い黄金の爆弾を抱えてるようでヒヤヒヤもんだぜ」

志々目も囃した。

人としての誇りをことごとく踏みにじられていても、澄絵にはふたりの言葉が遠くに聞こえるほど、ただ排泄だけにしか意識はなかった。

山荘脇の枝を広げたモミの木の下に澄絵を引っ張ってきた志々目は、しろ、と高圧的に言った。

ただここまでの短い距離を裸足で歩くだけが精一杯だった澄絵は、ほっと気を抜こうとして、はじめて四、五十センチの深さに掘られた穴に気づいた。黒い口をあけた穴は、掘られて時間がたっていないことがわかる。

「しな。わざわざ専用トイレを作っておいてやったんだ。おまえに掘らせてもよかったんだが、間に合わないと困ると思ってな」

あまりの屈辱に滝のように新たな汗が噴き出した。排泄感も重なって、自分の躰ではないように、ガタガタと激しく総身が震えた。

「穴をまたいでさっさとヒリ出しな。しないなら部屋に戻るぜ」

ぐいと鎖を引いた志々目に、首が締めつけられた。そのとき、菊口がかすかにゆるんだ。

「もうだめっ！」

恥ずかしさも忘れて叫んだ澄絵は、穴をまたいでいた。激しい排泄音がした。

ふたりの男がクッと笑った。

「こんな綺麗なご夫人も、野糞をおたれあそばすとは驚いた。中にトイレがあるものを」

「自然を愛するご夫人のようだ。このモミの木も、きれいなご夫人のウンチを栄養に、さぞ艶っぽく変身してくれるだろうさ」

末崎の言葉を受けた志々目が、そう言って笑い声をあげた。

耐えていた排泄の苦痛から解放されたとき、澄絵は激しい屈辱を感じた。これまでの辱めとは比べものにならない、深い深い穴底、二度と這い上がることのできない奈落の底に落ちてしまった絶望だった。

末崎が鷲づかみにしているティッシュを差し出した。

「ご主人にケツを拭かせるつもりじゃあるまいな。それとも、ケツを陽に当てて乾くまで待つか」

ティッシュを受け取った澄絵は、あとはどうやって部屋まで戻ってきたのか覚えていなかった。惚《ほう》けたように表情をなくし、遠くを見つめる目をしていた。

風呂で躰を洗われた。澄絵は人形のようにされるままだった。

「もう一度ケツを出しな。ぬるま湯できれいにゆすがないことには、まだウンチが残ってるだろうからな」

三度もガラス器でたっぷりぬるま湯を注入されて排泄し、ようやく澄絵の腸洗浄は終わった。

二階の寝室まで首輪の鎖を引かれ、澄絵はふらふらと幽霊のように歩いた。最初の我慢に我慢を重ねた排泄のために過激な刺激を受けた菊花は赤くなり、ひりついていた。

ベッドに仰向けにされ、腹の上方に横に渡された棒に、膝をくの字にしてかけられると、オムツを替えるときのような腰を上げたスタイルになった。

棒から垂れた脚はひらきぎみに、その足首はベッドのポールにくくりつけられた。腰にはクッションを差しこまれた。腕はバンザイの格好にベッドのフレームに拘束され、澄絵の自由はなくなった。

足元でストロボが光った。その光は、二度とふたりの男から逃げることができない運命を悟らせる、残虐な光だった。

菊蕾に冷たいクリームが塗りこめられた。

「ケツというのはウンチをヒリ出すだけのものじゃないんだ。使い方によっちゃあ、オマ×コと同じになる。そのためには拡張が必要だ。いきなりぶちこんだんじゃ、せっかくの可愛いケツの穴が切れ痔になっちまうからな。せいぜい力を抜いて、一日も早く俺を悦ばせることができるように努力しな」

クリームは菊口の内側にまで塗りこめられた。

「ああ……」

腰をよじったが、ほんのわずかしか動かなかった。人としてではなく、モノとして扱われる運命を諦めていたが、ズーンとする指の感触にじっとしていることはできなかった。

「今は指一本しか咥えられないが、帰るまでにはせいぜい四、五センチは広げるぞ。きばれよ」

鳥肌立った尻肉を見やりながら、志々目は末崎ににやりとした笑みを送った。

まずは直径二センチの拡張棒が菊花に挿入された。

「はああっ……」

白い歯を見せて大きく口をあけた澄絵は、眉間に皺を寄せて目を閉じた。ゆっくりと拡張棒が入りこんでいき、やがて抽送がはじまった。

3

最近の澄絵の留守の多さはどうしたことだろう。

週に二、三度の事務所への手伝いに行く日以外を狙ってマンションを訪ねても、徹は澄絵と会えないでいた。

会えなければこっそり忍び込んで下着でも物色するまでだが、洗濯前のパンティなど、こしばらく手にできないでいる。清潔好きの継母は、出かける前に洗濯物を干して行くのだ。

会えないだけ恋心が募る。徹はいつも午後になってさりげなくマンションを訪ねていたが、きょうは朝から寄ってみた。まだ九時半だ。

入口はそのままノンタッチカードで突破し、玄関のインターフォンを押した。

「どなた……」

澄絵のか細い声がした。

「徹だよ」

彼の心臓は力強く脈打ちはじめた。

ドアが開いた。

紺色の紬《つむぎ》に、白地の藍の花模様の入った帯を締めた澄絵が顔を出した。

こんな早くから着物を着ているのは意外だ。地味な紬とはいえ、外出するため、わざわざ着たのだとしか思えない。

一カ月ぶりに会う澄絵は、着物のせいか、ぞっとするほど色っぽかった。丹沢の事務所びらきのときも着物だったが、きょうの澄絵は格別に妖しい色香を漂わせていた。

化粧が変わったようすもない。けれど、別人のように艶やかだ。ただ、その艶やかさは明るい感じのものではなく、妙にうら哀しい感じがする。だからこそ、徹は胸が締めつけられるように切なかった。

「出かけるところだったの？」

「え、ええ……三十分ほどしたら……」

「必要な本があって取りに来たんだ。買えばいいんだけど」

ここに来るときは、たいていここに残している自分の本を取りに来たということにしている。

「ある本をまた買うなんてもったいないわ。コーヒーを入れるわね」

「いいよ、でかけるんじゃ忙しいだろ」

「いえ、そのくらいの時間……」

澄絵は徹を見ようとしなかった。ちらりと視線を合わせたあとは、視点の定まっていない目をどこに合わせようかと迷っているふうだ。

「買物？」

「ええ……」

「荷物が多くなるようなら持ってやろうか。どうせきょうの授業は午後からなんだ」

澄絵の狼狽が見てとれた。

「いえ、いいの。ウィンドーショッピングで終わるかもしれないから……」

「着物で買物なんてしゃれてるね。そのあと誰かと会うの？」

「いえ……帯締め……これなんだけど」

澄絵はなおも狼狽しながら、帯の中央にまわっている樺《かば》色の帯締めに触った。

「帯締めを買いたいの。だから着物にしたのよ」

そう言うと、また目を伏せた。

澄絵がドアを開けたときから、徹には疑惑があった。そして、今も目の前でうろたえている澄絵に、徹はいっそうその疑惑を強めていった。

澄絵は誰かと浮気しているのではないか……。

この楚々とした継母が、父以外の男と不倫をしているとは考えたくない。けれど、恥じらい深いと思っていた澄絵と、淡泊だと思っていた勇一郎の営みを覗き見したあの夜から、ふたりが獣のように変身することをいやというほど知らされた。

これまで何人もの女を抱いたことがある徹だが、ベッドインによって天と地ほど変身する女はいなかった。ふだんの感じからして、服を脱いでもこんなものだろうという感じの域を出なかった。

それが、澄絵はあんなに声をあげていた。驚きだった。あれほど変わる女なら、こんなに貞淑そうな顔をしていながら、もしかして、ほかの男と浮気をする可能性もあるかもしれない。

澄絵の狼狽。事務所に出ていない日は、徹の知る限り、ほとんど留守の最近の状況。怪しいと考えるほかなかった。

「そうだ、友達の家に寄る約束をすっかり忘れちまってた。帰るよ」

徹は澄絵を待ち伏せして跡をつけるつもりになった。

澄絵は引き留めなかった。玄関まで送った。そのとき、澄絵がふらりとした。

徹は間一髪、澄絵が倒れる寸前に抱きとめた。着物の懐《ふところ》から、匂い袋の甘い香りが漂い出した。思いもしなかった突然の状況に、徹は噎《む》せそうになった。腕のなかに愛する澄絵がいた。

「継母さん、大丈夫か」

澄絵の頰から血の気が失《う》せている。閉じた瞼も色をなくしていた。唇も青ざめているのだろうが、紅を塗っていることで隠されていた。

「継母さん！」

澄絵が目をあけた。

「ごめんなさい。大丈夫。貧血かもしれないわ」

「医者に行こうか」

「大丈夫。ちょっと寝不足なの」

腕のなかの継母の可憐な唇の動きに、徹は勃起した。躰の変化を悟られまいと、今度は徹が焦る番だった。

「お友達を訪ねるんでしょ。私は大丈夫だから」

「ああ、買物はやめて寝てた方がいい」

このまま継母を置いて出て行くことにうしろ髪を引かれながらも、このままここに留まっていては、澄絵を抱いてしまいそうだ。ジーンズを押している肉茎を知られる戸惑いもあった。

徹は外に出た。だが、そのまま帰るつもりはなかった。澄絵のことが心配なだけでなく、あんな状態で、もしも出かけるとすれば、それこそ不倫を疑ってみる必要がある。

マンションの玄関が見える建物の陰に車を隠し、徹はじっと様子を窺っていた。

澄絵が現れたのは三十分ほどしてからだった。まだどこか病的に見える継母の早すぎる外出だけに、徹はがっくりと肩を落とした。

澄絵は足早に草履を動かしながら、きょろきょろとあたりを窺った。万が一、徹がどこかにいたら……と、心配しているのではなく、タクシーを探しているのだ。

澄絵が個人タクシーをつかまえて乗りこんだ。

澄絵の乗ったタクシーが消えようとしたとき、徹は車を発車させた。

朝早くから徹がやってきたのに澄絵は驚いていた。勇一郎への裏切りに眠られぬ夜が続いていた。そこへ、徹がやってきて、極度の緊張にふっと気が遠くなったのかもしれない。

これから、自分を辱めるだけの男のもとへ行こうというのだ。徹にそんなことを知られては、勇一郎にも知られないはずはない。着物を着ていたことに対する徹の疑惑は消えただろうか。澄絵は切なさに泣きたかった。

獣としか呼べないような男に自分の躰をまかせているのは、やさしい勇一郎との生活を守るためなのか、自分のプライドや立場を守るためなのか、それさえわからなくなっていた。

タクシーがクラブ《ピティフル》の裏に着いた。

山荘で奴隷の身に堕ちてから、志々目のマンションに呼び出されたり、開店前の《ピティフル》に呼び出されたり、ほかの場所で待ち合わせてラブホテルに行ったりと、澄絵は夫の事務所に手伝いに行かない日の二日に一日は、志々目のオモチャになっていた。

志々目だけでなく、末崎にもいっしょに弄ばれることがある。もう元の生活には戻れないのだと澄絵は思った。

どんなことでもやりそうな恐ろしい男達から勇一郎を守るには、自分が耐えるしかないのだと思うこともあった。

夜の賑わいを隠し、午前中は死んでいるような《ピティフル》の建物の裏口を、澄絵はそっとノックした。

すぐに志々目がドアを開け、澄絵の腕をつかんで引っ張りこんだ。

「遅かったじゃないか。時間厳守と言ってあるはずだ」

オーナー室まで引っ張っていった。

さほど広くはないが、クラブ経営者にふさわしいインテリアに金をかけた部屋だ。テーブルもソファーも照明器具も、ロココ調のもので統一されていた。

「気分が悪くて……出る前に急に貧血を起こして……本当です。これでも急いできたんです」

「まあいい、今回だけは許してやる」

ぐいと引き寄せた志々目は、澄絵の唇を塞いだ。

「うくっ……」

最初だけは拒もうとしていやいやをするが、すぐに志々目のペースと技術に巻きこまれてしまう。息が止まるほど激しく口中を弄ばれ、唾液を吸われた。

守れるはずのない身を、それでも守りたい気持ちが働いて、着物で来いと指定されたきょうは、いつもよりきつく帯を締めてきた。唇を強く塞がれているから息苦しいのか、帯がきつくて苦しいのかわからない。また眩暈がしそうだった。

唇が離れたとき、澄絵は肩で大きく息をした。

「着物の下、ノーパンだろうな」

澄絵はポッと頰を染めてうつむいた。

「裾をまくって見せてみな」

うつむいたままの澄絵に、

「さっさとまくりな！」

たちまち志々目の語調が変化した。

ビクリとした澄絵は、竹の子の皮を剝ぐように、着物と右の裾、左の裾、長襦袢の裾、湯文字……と、早くも羞恥に汗ばみながらまくりあげていった。

足袋に劣らぬ白い脚が徐々に現れ、太腿がすっかりあらわになり、黒いそよぎが剝き出した。

「じゃまっけなものを帯に挟んで手を空けな」

澄絵はいまだに、命じられてもすぐには行動に移せなかった。そのひとときの澄絵のためらいと訴えるようなか弱い目に、これから先も、破廉恥なことに対して、決して慣れることがないだろう羞恥が含まれていた。

志々目にとっては最良の女だ。破廉恥なことに慣れてもらっては価値がない。羞恥を忘れた玄人の女達には辟易《へきえき》している客達が、志々目の探してきた初々しい獲物に飛びついてくるのだ。

「よし、ノーパンならいい。おろせ」

志々目はイエローゴールドの腕時計を覗いた。

「これをつけろ」

志々目が差し出したのは能面のようなものだった。だが、顔全体が隠れるようなものではなく、鼻のやや上の方から額までが隠れる目を隠すための半分だけの面だった。黒目の部分は能面と同じく穴があいている。

優艶な小面というより、気品はあるが、どことなく憂いを含んでもいるような増女《ぞうのおんな》の面に近かった。

面をかぶれなどと言われるのははじめてだった。澄絵は渡された面を手に戸惑っていた。

「すぐに戻ってくる。それまでにつけていないと後悔することになるぞ」

また腕時計を覗いた志々目はオーナー室を出て行った。

後悔することになるぞ、と言った志々目の言葉の意味は、命令にそむくと仕置されることになるのだという意味だと澄絵はとった。

顔に当てると、ほどよい大きさだった。額にも膜のようにぴたりと合わさった。

壁掛の鏡に顔を映した。無機質な半分の顔。だが、着物と面は妙にしっくり調和しており、不自然さはなく、これから舞を舞うのだといった雰囲気だった。

ドアがあいた。

「あ……」

志々目だけだと思っていたが、彼のうしろから白髪混じりの背広の男も入ってきた。サラリーマンというより、実業家といったタイプの五十前後の男だ。

澄絵は思わず後じさった。

「おう、和服もいいが、面もなかなか洒落てるじゃないか。着物に洋風のマスクじゃ白けるところだった。鼻筋と口元からして、なかなか美人のようだ」

値踏みするように、頭から足元に向かって這い下りていく五十男の視線に、澄絵はいやな予感をつのらせていった。

「まだ調教途中の女を貸すのは、信頼できる社長だからですよ」

「そのあと何を言いたいんだ」

「こないだのあの店、何とかなりませんかね。場所も大きさも造りも気に入ったんです」

「だったら、きょう一日この女を自由にさせるか」

「それは勘弁してくださいよ。まだ躾けることがたくさんあるんですから」

「オマ×コさせろと言うんじゃないんだ。わかってるだろ」

「わかってます。だからこうやって、心からの特別サービスをしようってわけじゃないですか。自分で納得できてからしか貸さない方針の私が」

「たった二時間じゃ、まるで連れ込み宿のサービスタイムじゃないか」

「まだいろいろと教えこまないといけないことがあるんです。時間は貴重なんです。さ、どうぞ」

ふたりの会話が終わると、男が澄絵に近づいた。

「澄絵、聞いたと思うが、これからの二時間は、この人を楽しませろ。なに、じっとしていればいい。相手になればすぐにわかる」

志々目はソファーにすわった。

『すぐに戻ってくる。それまでにつけていないと後悔することになるぞ』

面を渡して部屋を出て行くときに志々目が言った言葉の意味は、相手をする男に素顔を見られることになるぞということだったのだ。

男が近づいて来るぶん、澄絵は後じさった。

「いやっ！」

ほかの男にまで娼婦のように渡されるとは思わなかった。いや、これまで予感しないわけではなかった。けれど、こうしていざ現実になると、やはり受け入れられない。

「いやか。いやと言われると、男というものはいっそう燃え上がるものだ」

「いや。来ないで」

恐ろしさに足が竦《すく》みそうになった。

「うん、なかなかいい。まるで、これから強姦するような感じだな」

「社長、時間はスタートさせましたよ」

志々目が腕時計で時間を確かめた。

怯えた顔をして壁伝いに後じさりながら移動していく澄絵を、男はじっくりと追いかけた。手を伸ばせば届きそうな澄絵を、そうやって怯えさせ、その顔を眺めるのも男の楽しみだった。顔が半分隠れているのは残念だが、唇や総身の動作だけで十分に怯えを見て取ることができる。

志々目が呆れ返るほど男は時間をかけ、間延びしたような追いかけを続けた。澄絵の息が荒くなり、胸の喘ぎが大きくなり、唇が震えだすのを見つめながら、男は狩りの悦びに浸っていた。獲物は間違いなく手に入る。それがわかっているから贅沢に遊んでいるのだ。

ころあいを見計らって唇をゆるめた男が、足を速め、ひょいと澄絵の腕をつかまえた。

「ヒッ！」

こうなるまでに時間がかかっただけに、澄絵の恐怖は膨らんでいた。

「いやっ！　放して！　た、助けてっ！」

澄絵が全力で抗うだけ、男はいっそう喜々とした。

「ソファー、貸してくれ」

ソファーでニヤニヤしている志々目に、男は席を譲るように言った。志々目は小さめのラブチェアに移った。

　ソファーに澄絵を連れてきた男は、熱気を含んだ体臭を発散しながら暴れている澄絵の肩を押えつけ、目の前で強制的に跪かせた。

「何が恐い。うん？」

　くりぬかれた面の瞳の部分から覗いている黒い澄絵の目の輝きに向かって、男はゆったりと尋ねた。捕えられた小動物の怯えに、男は嗜虐の血を湧き立たせていた。

「助けて」

　掠れた声が震える唇から洩れた。

「何を助けろというんだ」

「放して。お願い」

「自由にして、じゃないのか。そう言えと、まだ教えてもらっていないのか。ん？」

「助けて……」

「おまえの言うとおり、まだ躾はこれからのようだな」

　志々目を見やった男は、澄絵の上半身を膝の上に左手で抱えこんだ。背中と太腿が直角になった。その突き出た尻に、男は激しいスパンキングを一発放った。

「あうっ！」

尾骶骨まで響く痛みだった。澄絵は弓なりになって男の膝を押し、逃れようとした。だが、それより早く、すでに次のスパンキングが飛んでいた。着物ごしとはいえ、尻たぼを打つ鈍い音が広がった。

「ヒッ！」

痛みと屈辱が駆け抜けた。

暴れようとする澄絵の手を背中でひとつにした男は、着物の裾を帯ぎりぎりのところまでまくり上げた。次に長襦袢を、最後に湯文字をまくり上げていった。いっしょにまくり上げては途中で止まってしまう。そのことを経験から知っている男のゆとりだった。

むき出しのつるつるの尻たぼもさることながら、白い脚のシルクのような美しさに、女を数多く知っている男も、さすがに唸った。

「どうです、上物でしょう」

男の心中を見て取った志々目は、どうだと言うように尋ねた。

晒された臀部が空気とふたりの視線に嬲られている。着物をまくり上げられているだけに、澄絵の屈辱は大きかった。

尻を隠そうともがいた。それにはまず、背中にひねり上げられている手が自由にならなければならなかった。だが、肩先が動くだけで、背中に押えつけられている手首はびくともしなかった。

「動くな。どうしてもじっとしているのがいやだというなら、まずは痣《あざ》になるほど尻をひっぱたくだけだ。それから、浣腸しないまま指をケツの穴につっこむ。黄金にまぶされた私の指の匂いをおまえにたっぷり嗅がせ、そのあとは可愛い口できれいに舐めてもらう」

澄絵はそそけ立った。たった二度のスパンキングの痛みを思い出すと、二度と打擲されたくはない。だが、その痛みには何とか耐えられたとしても、洗われないままのうしろのすぼまりに指を入れられることは耐えがたかった。そのあと、口に出すことさえ憚《はばか》られるようなことをさせるというのだ。

「どうする。抵抗するか、じっとしているか、たった今こたえろ。たった今だ！」

ぴしゃりと言った男に、澄絵は脅威を感じた。躊躇《ちゅうちょ》している暇はなかった。

「じっとしています。恥ずかしいことはしないで」

澄絵はがくりと男の膝に頭を落とし、総身の力を抜いた。

「よし、わかったなら膝の上で昼寝でもしていろ。暴れたら、すぐにケツに指をつっこむぞ。覚えておけ」

ふたりのやり取りを聞いていた志々目がクッと笑った。

澄絵の上半身を膝に乗せたスパンキングスタイルのまま、男は尻たぼを撫でまわした。

「ふむ、このつるつるした肌はなかなかのものだ。形もいい。熟れて上品な尻っぺただ。着物が似合う尻だな。この上品な尻がくねくねするようになるのがたまらんわけだ。最初から猥褻な尻は食べる気にならん。澄ました尻が色気づいて、シテシテとねだるようになるのがいいんだ」

そんなことを言いながら、男は右の尻たぼ、左の尻たぼと撫でまわし、ときには太腿まで撫でさすった。

ねっちりした愛撫は執拗に続いた。裾をまくり上げられ、臀部が剝き出しになっているだけで恥ずかしくてならない。その尻を、男はねっとりとした視線で見つめ、観察し、触れているのだ。気が遠くなるような時間だった。時間が過ぎていくだけ体温が上昇していった。

腕の自由な澄絵は、今は、かえってその自由さを持て余していた。くくられてでもいれば諦められる。だが、自由な手で抵抗することもできず、やり場がないからといって、ただぶらりとしていることもできない。肘を曲げ、頰の横で拳を握りしめた。

つけている面の下が汗でじっとりして気持ちが悪い。

尻たぼを撫でまわしていた手が、双丘の谷間を集中的に撫ではじめた。ゆっくりと、しかし、確実に指先は菊の蕾に向かっている。

澄絵は握っていた拳を広げてはまた握った。気を紛らそうと、男の膝の上でそれを繰り返した。

掌全体で肌に触れていた男が、今は指先だけで皮膚をなぞっている。そして、ついに愛らしくすぼまっている菊口に触れた。

「あう……」

尻たぼが硬直し、ヒクリとした。

「上品な上の口も可愛いが、このケツのおちょぼ口もなかなか可愛いものだ」

ついに秘菊の中心を猥褻な指が触れた。

「いやっ！」

激しい羞恥にじっとしていることなどできず、澄絵は尻を振った。

「約束を破ったな」

たちまち激しいスパンキングが飛んだ。着物の上からとちがって、派手な肉音がした。

「ヒイッ！」

躰を起こそうとしたときには、男の左手が胴体を抱えこんでいた。

二打めが飛んだ。

「ヒッ！」

ヒリつく尻に澄絵は声をあげ、もがいた。

「いい尻っぺただ。芸術品だ」

「ヒイッ！」

「おう、ひっぱたくには最高のケツだ」

「あうっ！」

「いい音だ」

「ヒッ！」

「もっと真っ赤なケツになれ」

「あうっ！」

ひとこと何か言うたびに、男は力ずくで澄絵の尻を交互に叩いた。

「許してっ！　痛っ！　許し……ヒッ！　許してっ！」

あまりの痛みに涙が滲んだ。

「よし、ちょうど十発。折檻はおしまいだ」

打擲がやんだことでほっとした。だが、それはほんのひとときのことだった。

「動いたらケツに指を入れると言ったのを忘れてはいないな」

「い、いやっ！」

膝の上で暴れる澄絵を押えつけている男の目は、生き生きとしていた。

「このままでいいか、コンドームをかぶせて入れられたいか、こたえろ。こたえないなら、このままぶちこむぞ。さぞ臭いウンチが詰まってるだろうな。その方がいいか」

「ああ……やめて……コ、コンドーム」

澄絵は屈辱に総身を火照らせながら、消え入るような声でこたえていた。

男がコンドームを出してかぶせるかすかなゴムの音を聞きながら、澄絵はまた拳を握りしめていた。

「力を抜けよ。まあ、指ぐらいつるりと入るだろうがな」

志々目をちらりと見て笑った男は、円を描くように菊皺を揉みしだきはじめた。

「ああ……」

美冴に騙されて山荘に連れて行かれたときから、菊の蕾の拡張がはじまった。締まりがいい澄絵のすぼまりは、志々目に呼び出されるたびに拡張棒を使って広げられている。

だが、まだ太い男の肉柱を呑みこむことはできない。それでも、細目のバイブでの抽送は可能になっているので、指の一、二本なら挿入できる。けれど、時間をかけてマッサージする必要があった。

男は志々目からそれを聞いていたし、聞くまでもなく、触れてみればわかることだった。スパンキングと、菊蕾を弄ぶのがこの上なく好きな男にとって、指先は敏感な探知機だ。

「はあっ……」

羞恥と切ない疼きに、澄絵は泣きそうな声をあげて喘いだ。

「そんなにいいか。ケツが好きな女の声だ。しかし、太い奴がぶちこまれるより、こうして器用な指でいじくられる方が感じるだろう？　そうか、まだぶちこまれたことはないんだったな」

菊皺を菊花に向かって揉みほぐしていた男は、蟻の門渡りを下り、女壺の口に溜っている蜜液を掬った。

「あう……」

鼠蹊部が硬直した。

男は蜜を掬っただけだった。それ以上女芯には触らず、菊口に蜜をまぶした。

「ああ……いや……」

次はその指を挿入されるとわかり、澄絵は足指をこすった。拒否と、志々目の調教によって覚えてしまったアヌスの疼きへの期待が、澄絵のなかでせめぎあっていた。

指が菊口から入りこんだ。

「あぁう……」

澄絵は喉を突き出し、男の太腿をつかんでいた。

まだ菊口はきつい。男の指は、澄絵のすぼまりが処女だということを確かめ、あちこちを探って蠢いた。

「はああっ……」

一本だけ入りこんだ指は、菊口に近い部分をこねまわした。

山荘では気色悪いだけだった。内奥を触られれば、浣腸されたあとでも排泄感に苛まれた。

それが、何度も触られるうちに、今では、膣で得られる快感とは別の快感を感じてしまうようになった。うしろを触られていながら、女芯まで疼く。肉のマメがズクッズクッと怪しく脈打ちはじめる。

「あああああっ……あはあ……うぅん……」

男の太腿を握りしめていた澄絵の手が、やがて力をなくした。澄絵は骨が抜けたようにぐったりと男の膝に身をまかせ、菊壺への淫猥な責めにゆらゆらと揺れていた。

べとべとの蜜が流れ落ちるほどになったとき、指が抜かれ、細めのバイブが挿入された。

スイッチが入った。

「くうっ！　んんんっ！」

昂まるだけ昂まっていた澄絵は、どっと蜜をしたたらせながら絶頂を迎え、総身をブルブルと震わせた。

バイブから手を離した男は、ひくつきながらしっかりとバイブを咥えている菊花を、好色な目で見つめた。そして、ひくつきが終わりかけたとき、バイブをふたたび握り、抽送をはじめた。

「あはあ！　くうっ！　んんんっ」

オーナー室に入ってきたときの澄絵とは別人のように乱れ狂っている女に、男は唇をゆるめた。

バイブを抜き、スパンキングを浴びせた。

「ヒッ！」

「この淫乱女め！　上品だったケツはどこへいった！　誘うようにくねくね振りおって、そんなにケツにぶちこまれるのがいいか」

スパンキングと妖しい菊口責めが、交互に延々と続いた。

第四章　継母の羞恥披露

1

「女はこれだけか」

「これだけって、ほかよりいいのが揃ってるでしょ」

志々目に雇われているクラブ《ピティフル》のチーフ末崎は、はじめての客である徹に尋ねられ、こんな若僧のくせにと、内心むっとした。

トイレに立った徹が、席につく前、レジのそばにいたチーフに話しかけてきた。

登録しているホステスの数は五十人ちょっと。急に休んだりやめたりするホステスは珍しくないので、常時揃うのは四十人前後ということになる。

連日歌手を呼んでのショーもあり、前方の席の方が先に埋まってしまう。

クラブといってもキャバレーといった雰囲気が濃厚で、ホステス、ヘルプの区別はないし、ホステスが客の払いの肩代りをする必要がなく、ツケなしの現金制だ。あとが面倒でなくていいと、銀座のクラブなどで客のツケに苦労した経験のあるホステスなども、今では何人か古株として納まっている。

「休んでるホステスもいるんだろう？　きょうのホステスのなかには好みがいないんだ」

「どんなのが好みで」

「若いのはガブガブ呑むだけで話が面白くない。かといって、あまり年増もだめだな。そうだな、二十半ばぐらいで上品なのがいい。あまり玄人っぽいのはいやだ」

徹は澄絵の姿を浮かべた。

先日、青白い顔をして倒れそうになった澄絵。それなのに、徹がマンションを出たあと、タクシーでこの店に向かったのだ。

まだ店があくはずもない午前中、澄絵は裏口からこの建物に入った。それから五時間ものの間、澄絵はこの建物のなかにいたのだ。澄絵が入ってさほど時間がたたないとき、白髪混じりの男が派手な外車でやってきた。男は二時間ほどで出てきたが、いやな奴だと徹は思った。

それからも、徹はひたすら澄絵を待った。なかでいったい何をやっているのか、胃がキリキリと痛んだ。かといって、押し入ってみる勇気まではなかった。やけに恐い気もした。

白髪の男が出て行ってから三時間後、澄絵はようやくひとりで出てきた。

植え込みのすぐ近くから盗み見た継母は、風呂上がりか、酒でも口にしたような、ぼうっとした火照った顔をしていた。着物姿の艶やかすぎる継母は朝よりさらに美しく見えた。不吉なことが次から次へと浮かんだ。

声をかけようかかけまいかと逡巡しているうちに、澄絵はタクシーを拾った……。

「今の若い人は案外年増好みが多いですからね。ほら、あそこの和服の女はどうです。気づかなかったんでしょう。三十過ぎてるが、この商売はじめて。いかにも素人って感じでしょ。顔もまあまあ。指名しますか」

和服と言われてはっとしたが、澄絵とは似ても似つかぬ、子供が四、五人いるのではないかと思えるような世帯やつれした感じの女だった。

今夜、澄絵はマンションにいない。昼間電話したら、今夜は勇一郎の帰りが遅いので、自分も友達と会うために出かけるので夜は遅くなると言った。

徹は、もしかして澄絵がここにいるのではないかと思ってやってきた。いないのでほっとした。そして、落胆もした。

「あの女は好みじゃない。上品なのがいいんだ。ここには場違いなといった、感じのいい人妻なんかいないのか」

「ここには場違いな、ね」

末崎はまた内心、この若僧めと思った。

「いいとこの人妻がこんなとこに勤めるはずないでしょ」

「じゃあ、こないだ見た女はここのホステスじゃないのか。ここを通りかかったら、裏から出てきたんだ。三時過ぎだ。いや、四時近かったかな。着物を着たいい女だった。声をかけようとしたら、一足ちがいでタクシーをつかまえられちまった。その女が、二十半ばぐらいの色っぽい上品ないい女だったんだ。ホステスじゃないなら、チーフの奥さんか」

あの女は俺の継母だ。何をしていた、とチーフの胸元をつかんで揺すりたい衝動に駆られながらも、徹は精いっぱいさりげなさを装った。

「募集を見て面接に来た女かもしれない。これくらいの店だと、毎日のようにひとりふたりは面接にやってくる」

「その女、チーフが面接したんなら、勤めるかどうかわかってるはずだ。色の白い、ほんとにいい女なんだ。はっきり言って、きょうのホステス達とはダンチだ」

「きっとその女は社長が面接したんだろう」

徹の言う裏口から出たそんなにいい女、しかも着物だったというのなら、澄絵のはずだと末崎にはわかった。

だが、あれほど上等の女は、この店のホステスには不似合いだ。月に二度の会員だけの秘密ショーに出し、金のある客だけにたっぷり楽しんでもらう。さほど高くない金をもらうためにボックスに座らせ、バカな客の相手をさせるほど、社長の志々目は無能な商売人ではないのだ。

「その女、勤めるかどうか、わからないのか。その女がいるなら毎日通ってもいいんだがな」

澄絵が面接のために来たのではないと徹にはわかっている。その社長と不倫をしている可能性が大きい。そして、澄絵を残して二時間で消えたからには、あの白髪の男は社長ではないだろう。

「へえ、ずいぶんとその女に惚れこんだようで。でも、お客さんはまだ若い。まさか、まだ学生さんじゃないでしょうね。ここは一流じゃないが、毎日ショーも入れてるし、金はそれなりにかかる。毎日通うにはちょっと大変ですよ」

末崎は、毎日通えるはずがないだろうという目を向けた。

「金の使い道を知らない親の通帳を、ちょっとばかりくすねればすむことだ」

徹はポケットから剝き出しの一万円札をつかみ出してみせた。五十万円あった。金の心配をしていてはこんなところに来られないと、留守のマンションに忍び入り、徹名義になっている通帳の一冊を持ち出し、解約してきた。まだ百五十万円ある。澄絵の秘密をつかむためなら、次の通帳を持ち出す覚悟だった。

「これはこれはどこぞの御曹司さんですか。ほかのお客さんとは顔つきがちがうと思っていたところでした。坊ちゃん顔っていうか」

徹を値踏みするように見つめていた末崎がその視線を消し、急に愛想よくなった。

「この金、あのいい女になら一日で使ってしまっても惜しくないんだ。だけど、ほかの女じゃ、使う気にならない」

「ま、そう言わずに。女ってのは、見ているだけじゃわからない。つき合ってみると案外いい女だってこともあるわけで」

へへというように末崎が笑った。

「あの女に一目惚れしたんだ。あの女以外には興味がなくなった。ここのホステスになったのかどうか、社長に聞いてみてくれよ。店に出ないのならここに通ったってしようがないしな」

社長という男が澄絵のことを何と言うのか興味があった。勇一郎と結婚してまだ一年にもならない澄絵が、不倫をするほどいい男なのだろうか。こんな店を構えているからには金はあるだろう。だが、澄絵は金のために動くような女ではないはずだ。

社長に電話してみるので席に戻って呑んでいてくれと言った末崎は、今ごろ別宅のプレイルームで澄絵を調教しているはずの志々目に電話するかどうか迷った。

徹は金を持っていそうだが、はじめての客だ。それも若い。そんな客の言葉でいちいち電話するなと怒鳴られそうな気もする。

「どうした。いいとこなんだぞ。ケツでもきょうあたりできそうだ。俺のは太いから用心していたが、そろそろぶちこんでみようと思っていたところだ。象に使うようなぶっといガラスシリンダーを見ただけで濡れやがる。お浣腸大好きってふうに目がトロンとなってな」

「いや……」

受話器を伝って、末崎にもかすかな澄絵の声が聞こえた。

「顔を覆ってイヤイヤだとさ。だが、こいつのイヤイヤはシテシテだとわかったがな」

志々目の笑いの横で、澄絵がどんなに顔を赤らめて恥ずかしがっているのか想像できた。

こんな店にいるより、澄絵の調教されている部屋に行き、自分もいっしょに辱めたい。そう思うと、末崎の下腹部は重苦しくなった。

「で、何の用だ」

「初めての客が来て、若いんですが、金は持ってます。毎日でも通うと言ったほどです。そいつが先日、ここから出ていく澄絵を見かけたようで、澄絵にしか興味がないと言うんです。面接に来たんだろうとぼけたら、ここに勤めるのかどうか社長に聞いてくれと言うんで、どうしたものかと。澄絵にならいくらでも金を使うと言うんです」

「半月ばかりしたらアレに出すつもりだ。それまで本当に毎日通ってくるようなら、会わせてやってもいい。入会金を出せるならの話だがな。あとはうまくやれ。オマ×コをびしょびしょにした澄絵がケツを突き出して、早く早くとせがんでるんだ。ちょっとは気を使え」

「は、どうも」

末崎はずくずくしてきた下腹部を持て余しながら、受話器を置いた。

澄絵を一日も早く秘密ショーに出したいと、志々目は澄絵の時間の許す限り呼び出している。

末崎も何度か立ち会ってわかっているが、澄絵はずいぶんきつい緊縛にも耐えられるようになっている。いましめを受けてうっとりしていることもある。股縄をびしょびしょに濡らすことも珍しくない。

医療プレイにも慣れてきた。慣れてきたといっても、羞恥心は人一倍強い。だからこそ価値ある女なのだ。

先日、はじめて末崎以外の男に二時間渡したときも、最初は全身でいやがっていたのに、最後は何度も気をやってぐったりなったと志々目に聞いている。男が帰ったあとの調教は、いつになくスムーズにいったとも聞いた。

澄絵を求めてやってきた若い男が、まさか今のこの時間に、別の場所で破廉恥に調教されているとも知らず、あくまでも上品な女と思って慕っているのを、彼は笑いたくなった。

「で、どうだった」

徹は両側に座っているホステスを無視して、やってきたチーフに身を乗り出した。舞台ではじまっている女性歌手の歌も耳に入っていなかった。

末崎は周囲のホステスを払った。

「お客さんの目をつけた女、確かに社長が面接したそうです」

「それで？」

徹の鼓動が高鳴った。

「お客さんの言うように、ほかのホステスとはダンチの女で、この店には出さないとのことです」

「どういうことだ」

「実は、社長はほかにも店を持っていて、特別いい女を揃えたその店は会員制で、誰でも入れる店じゃあないんです」

末崎は徹の表情を窺った。

「どこにあるんだ」

今の時間、澄絵はその店で働いているというのだろうか。まさかという思いと、もしかしてという思いがあった。

「だから、誰にでもお教えできるわけじゃあないんです」

もったいぶって言った。

「金はあると言ったはずだ」

「金だけの問題じゃなく」

「なんだ」

「信用の問題ですよ」

「俺が信用できないというのか！」

「ちょっと待ってくださいよ」

声を荒らげた徹に、末崎はまあまあと制した。

「この店は十年になるんです。その間、頻繁に通ってくださったお客さんで、ここだけでは物足りないという方のために出した店で、まあ、何というか、お客さん達から資金を集めて作ったような店で、一見《いちげん》さんに簡単に教えてしまっては、ほかの人に申し訳がたたないというわけですよ。それに」

末崎は故意に声をひそめた。

「わけありのいい女ばかりで、実は、お客さんが見た女もそのひとりということで、ただのホステスとはわけがちがう」

「ただのホステスとは別格だということはわかってる。だから何なんだ。まわりくどい話はやめてくれ」

「ま、半月ほど毎日ここに通ってくれたら、社長もその努力を買って会わせてやろうじゃないかということでした」

「あの女のいないこんな店に半月も通えというのか」

　徹の声は怒りに満ちていた。

「こんな店はないでしょ。その店の会員が何人も、きょうもここに来て金を払ってくれているんですよ。そんな人に示しがつかないでしょう。それに、その店は毎日やってるわけじゃないんです。ここに通っていなければ、いつ店があくかもわからない。電話連絡などしないんですよ。ここでしか伝えないことになっています。なにしろ、秘密の店でして」

　末崎は煙草に火をつけた。

「半月通ったら、その店であの女に会えるというわけだな」

「ええ、そういうことになるでしょう」

「半月の間、金を絞り取って、そんな店はないと言うんじゃないだろうな」

「じゃあ、賭けてみたらどうです。五分五分の勝負。競馬や宝くじより当たる確率はずっと高いはずだ」

客より優位に立った末崎の顔だった。

2

《ピティフル》の裏口から入ると、様々な仮面の入った箱があった。心騒がせながら、徹は目と鼻と口の部分だけ穴のあいた全面を覆うマスクを選んでつけた。秘密の店などなく、休日に《ピティフル》のチーフ、末崎の言葉は半分はつくり話だった。

この《ピティフル》で秘密ショーをやっているというのだ。

半月通ってずいぶんと金を絞られたあと、それに出るのが特別の女達だと聞かされた。それだけでも心臓が破れそうなほど驚いたというのに、気に入った女にいちばん高い金を払った客が、二時間、その女を抱くこともできるというのだ。

血が逆流するようだった。だが、そのあとで、澄絵がそんなことをしているはずがないと思った。結局、澄絵はおらず、騙されたと歯ぎしりするのではないか。ここまできたからには、それでもいい。騙された金を惜しむより、その方がどれほど救われるだろう。

『ショーに出る女はみんな顔を隠しています。わけありの女ということで公にできないんです。だから、後藤さんがあの女の顔を見たというのは、例外中の例外です。それほど惚れた女なら、顔の半分が隠れていてもわかるでしょう？　舞台では決してマスクははずさないということになっていますから』

昨日の末崎の言葉だ。徹はここでは後藤悟ということにしていた。

客は三十人ほどだった。徹のように若い男はいない。徹はマスクだけでは不安で、万が一のことを考え、いざとなれば正面から躰を隠せるようなボックスを選んだ。

簡単なオードブルと、それぞれの好みのアルコールが用意された。マスクが皮膚に張りついて気色悪いが、はずすつもりはなかった。

「さあ、お待たせしました。きょうは新顔の登場です。調教されたての、実に色っぽい令夫人です。女に責められるもよし、男に責められるのもよし、どちらの手にかかってもびっしょり濡れてしまう、上品でありながら淫乱な、まことに掘出し物の女であります」

司会の末崎の言葉のあと、緞帳《どんちょう》がひらいた。

赤いいましめを受けた、桜色の長襦袢だけの女が、ステージの中央に敷かれた畳の上に立ってうつむいていた。

畳は四畳半。女のうしろには、黒い五、六十センチの低い和箪笥が置かれている。紺色の座布団も二枚あった。

女は鼻の半分から上を、能面のようなもので覆っている。長襦袢を結んでいる綸子縮緬《ちりめん》の、赤い伊達締めの結び目が斜め前にあり、遊女を連想させた。徹はそれが澄絵であるとすぐにわかった。

徹の胸を、怒りと苦痛の激しい衝撃が走り抜けた。

「ご覧のように、まことに日本的な艶やかな令夫人です。鎖や革紐より縄。スキャンティやガーターベルトより腰巻き。ストッキングやハイヒールより足袋に草履の方が似合う、典型的な日本女性です」

澄絵はうつむいている。その花のような唇がふるふると震えていた。客に背を向けようとしては、傍らの男、志々目に背を押され、いやいや前を向く。それが何度か繰り返され、澄絵の唇だけでなく、総身が小刻みに震えているのもわかった。

「令夫人は羞恥と期待に震えております。ご夫人の相手をするのは、常連のみなさまはすでにご存じの、レズの女王、マリアンヌさんです。どうぞ」

髪をあげ、金銀のやや現代風の髪飾りをつけ、大正ロマンといった小豆色の着物を、やはり現代風に着つけた女が登場した。

マリアンヌと紹介されたのは美冴だった。

襟元から太いゴールドのネックレスが覗き、ゴールドリングのイヤリングもつけている。足元は隠れているが、歩くとき、チラリと黒いハイヒールが見えた。やわらかい伊達締めを無造作に結んでいる。女王というより、澄絵の雰囲気同様、遊廓の女を連想させる着方だった。

堂々と顔を出しているのは主役の《わけありの女》ではないということか。

「いつもとはちがうマリアンヌ女王様の装いはいかがでしょう。言うまでもなく、きょうの令夫人に合わせたものです」

うしろ手胸縄をされた澄絵の横に立った美冴は、うつむこうとする澄絵の顎を掌に乗せた。くりぬかれた能面の目の奥の戸惑いの光を見つめ、美冴は主人としての視線を向けた。そして、唇を合わせた。

いやいやをしようとした澄絵だが、美冴の舌が入りこんで口中を舐めまわしはじめると、くぐもった声をあげた。たちまち力が抜けていく。

男とちがうやわやわした唇の感触と、やさしすぎる舌の動き……。幾度こうやって美冴と唇を合わせたことだろう。美冴にこうされる回数が重なるたびに、脳にインプットされた快感が、即座に総身を犯す。たちまち澄絵は女芯に疼きを感じ、追い詰められた小動物か、蜘《く》蛛《も》の糸にかかった昆虫のように身動きできなくなってしまう。

ふたりの男にレイプされたことを秘密にしたことが、結局は多くの男達の前で屈辱を晒すことになった。

堕ちて、堕ちて、こんなところまで堕ちて、もはや以前の幸せな生活に這い上がることはできなくなったのがわかる。一生、この美冴や志々目達の道具として、裏の生活を強いられて生きるしかないのだ。

男達に見られている死ぬほど辛い屈辱を忘れるためにも、美冴との時間のなかに溶けこむしかないのだ。極度の羞恥と緊張で小刻みに震えていた澄絵は、それをひとつの悟りとして、積極的に美冴を求めはじめた。

目を閉じて舌を動かした。美冴の舌に絡め、甘い唾液を飲んだ。いましめで腕を動かせないので、長襦袢の上から絞られた乳房を、美冴の胸に押しつけた。

男達を前にしてはしばらく抗うだろうと思っていた澄絵が、案外素直に身をまかせてきたことが、美冴には意外だった。

顔を離した美冴は、澄絵の胸縄を解いた。澄絵はおとなしくしていた。能面の下のか弱い目は、美冴を主《あるじ》として見つめていた。

胸を締めつけていた縄がなくなったことで、澄絵はほっと息を吐いて酸素を吸った。手首だけは後ろ手に拘束されたままだ。

美冴の両手が正面から長襦袢の胸元に入りこんだ。胸元が大きく左右に割られ、乳房は白い肩とともにすっかりあらわになった。

美冴が澄絵のうしろに立った。澄絵は男達の視線に晒された。半分顔を隠しているとはいえ、面の奥まで見透かされているような気がした。

澄絵には、男達の顔は見えなかった。ステージは煌々《こうこう》と照らされているが、客席は薄暗い。ショーにはじめて登場した上半身を晒した女に、一同の視線がねっとりとまとわりついた。

客達に澄絵の表情を見せるため、美冴は澄絵のうしろから手をまわし、乳房を揉みしだきはじめた。色素の薄い乳首は、すでにしこっていた。

「はああっ……」

澄絵の躰を知りつくしてしまった美冴の巧みな指技は、すぐに彼女を恍惚とした世界に誘いこんだ。

唇をぬらぬらと光らせながら澄絵は喘いだ。総身がスローモーションビデオのように、妖しく右に左にゆっくりと揺れる。口が大きくひらいて喘ぎが洩れるのは、美冴の指先が微妙に乳首を責めているときだ。

「あはあっ……いやっ……あああ……」

総身のゆったりした揺らぎから、いやいやと頭だけが動くようになった。乳首から広がっていく疼きが、今や耐えられないほど大きくなっているためだ。乳首は堅いふたつの果実となっていた。

「いやっ……ああ、いやっ！」

泣きそうな掠れた声のあと、美冴の指から逃れるために躰を大きく左右に振った澄絵は、その場に膝を折った。背中を丸くして、胸を隠した。

勝手に動いた澄絵に折檻する理由ができたことを、美冴はほくそえんだ。

美冴はその場で大正ロマン風の小豆色の着物を脱ぎ捨てた。

帯なしの伊達締めだけで結んでいただけに、一瞬の早業《はやわざ》だった。

着物の下から、黒いエナメルタイプの長袖のハイレグのレオタードと、ヒールの高い黒の編み上げロングブーツが現れた。

和から洋への美冴の変身に、客席がおっと声をあげた。

マリアンヌ女王の洋風の出立《いでた》ちに、金銀の現代風の髪飾りをつけたアップの髪型はよく似合っていた。このためのイヤリングやネックレスだったのだろうが、つい今しがたまでの着崩した着物にも不自然ではなかった。

美冴は膝を折っている澄絵を立たせようとして、二の腕をつかんで引っ張り上げた。澄絵ははじめて抵抗した。

ますます美冴はほくそえんだ。ステージの隅で見物していた志々目に目配せした。

志々目が力ずくでうしろから澄絵を立ち上がらせ、押えこんだ。美冴はすかさず桜色の長襦袢をまくり上げた。

「いやっ！」

太腿を堅く閉じ合わせることで、澄絵は女園を隠そうとした。裾をさらにまくり上げた美冴は、それを赤い綸子の伊達締めに挟んだ。長襦袢だけしかつけていない澄絵は、下半身丸出しになった。

黒いシルクの布を手にした美冴は、澄絵のデルタにその布をこじ入れ、秘芯に押しつけた。それから、その布を客席に向かって広げて見せた。

黒い布の中央に広がった染みは、乳首を弄ばれたことで溢れた蜜だった。大きすぎる染みを、美冴は澄絵の目の前に突き出して見せた。それから、前の方にいる客に渡した。

「ああっ、いやあ」

澄絵は顔をそむけた。

志々目が低い和箪笥に澄絵の上半身をうつぶせに押えこんだ。澄絵の尻が客席に向かって丸見えになった。菊蕾の下方の薄い翳りと割れた秘芯もあらわになり、明るい照明のもとで濡れ光っていた。

「い、いや……あう……」

うしろ手にいましめを受けている澄絵は、肩を揺すって起き上がろうとした。その背中を、志々目がローボードの向こう側から押えつけていた。

尻を撫でさすった美冴が、思いきり手を振り上げ、左右に揺れている豊臀をひっぱたいた。

「ヒッ！」

しんとした場内に、肉を打つ弾んだ音と澄絵の悲鳴が広がった。

「ほら、おまえの大好きなスパンキングだよ」

続けざまに尻たぼを打ち叩く美冴に、澄絵はそのたびにヒィヒィ声をあげた。

腫れ上がったような熱いひりつく感覚と痛みのあと、また美冴は赤い手形のついた尻肉を撫でまわした。撫でまわしては打擲した。
二、三度繰り返したあと、また新しい黒い絹地を取って、うしろから太腿の間に割りこませ、女芯に当てた。
「あう……」

澄絵が身悶えした。

前より大きな蜜液の染みができているのを、美冴は誇らしげに客席に向かって広げて見せた。そのあと、さっきとは別の男に投げ渡した。男はすぐさま染みに鼻をつけ、匂いを嗅いだ。

「いつもより濡れてるじゃないか。もっとして欲しいことがあるんだろ。言ってごらん」

澄絵の上半身を起こした美冴は、汗にまみれて頬を火照らせている美冴に尋ねた。

「しないで……恥ずかしいこと、しないで……しないで」

美冴だけに聞こえる小さな声だった。

これ以上男達の前で辱めないでという気持ちもあったが、被虐の悦びを覚えた躰は、次のプレイを期待して切なく疼いてもいた。

「もっと恥ずかしいことをしてと言ったの？　そう、いくらでもしてあげるよ。淫乱なお尻を虐められたいんだろ」

美冴が末崎に顎をしゃくると、太いガラスシリンダーと、ぬるま湯を満たした洗面器が用意された。

「ほうら、おまえが大好きなお浣腸だよ」

「いやっ」

逃げようとすると、また志々目がローボードに澄絵の上半身を押えつけた。美冴のスパンキングが飛んだ。

「してほしいくせに、おまえはお仕置されたくて、いつもわざと逃げようとするんだ。とうにわかってるんだからね」

図星の言葉に澄絵の女芯が疼いた。蜜が溢れ出た。

「今からひくついてるじゃないか。もっと高くお上げ！　いつものメスにおなり！　もっと！　ほら、もっと上がるだろ！」

澄絵は剝き出しの尻をぐいと上げた。それだけで肉のマメが脈打ってきた。恥ずかしいほど昂ぶってくる。屈辱を受けるたびに逃げたいと思いながら、それでも蜜を溢れさせ、辱めを待ち望む女になってしまった。

拡張が終わって男の剛棒を呑みこむようになっている菊花だが、今はキュッとすぼまって、指一本さえ受け入れないように見える。

美冴は太いガラスシリンダーいっぱい、湯を吸い上げた。

「お尻にたっぷり飲ませてあげるよ。お腹いっぱい飲みたいだろ」

嘴が紫苑色のすぼまりを貫いた。

「あう……」

わずかに澄絵の背が反って、顎が持ち上がった。

美冴はゆっくりとシリンダーを押していった。

「んん……」

嘴から押し出される湯は、細いだけに、美冴の押す速度より数倍速い水流となって腸壁をくすぐっていく。そのぬるま湯の感触が、澄絵にはたまらない快感となっている。女園がじんわりと疼いた。

「はああっ……」

したたるほど蜜が溢れた。

嘴が抜かれるときとふたたび挿入されるときは菊口が疼き、シリンダーを押されれば、腸壁から秘芯に向かって水流による疼きが広がっていく。澄絵の頭のなかはぼんやりとしていた。

「もっとくださいと言ってごらん」

「ああ……もっと……ください」

切なさに澄絵は泣きたくなった。

志々目は背中から手を離していた。だが、澄絵は上体を起こそうとはしなかった。破廉恥に掲げている尻を落とそうともしなかった。

「あはあ……許して」

腹部が重たくなってきた。

二百ccのガラスシリンダーで五回、千ccの湯に、澄絵は胸を波打たせた。

「お腹いっぱいならご馳走さまだろ」

「ああっ、ご馳走さまっ」

起こされた澄絵の胸元には汗が光っている。面で隠れた額にも汗が滲み、その眉間に皺が刻まれているのは、喘ぐ口元から想像できた。

長襦袢の伊達締めが解かれ、肩から抜かれた袖は、うしろ手にされたいましめのため、二の腕で止まった。

膨らんだ腹がねっとりと光っている。

「脚をひらいてそこに座ってごらん」

黒いローボードを指した美冴に、澄絵はためらった。脚をひらけば女園を責められるのはわかっている。そうなれば、菊口から注入されている多量の湯を、些細なことで粗相してしまいそうで恐かった。

「お座りと言ってるだろ!」

「お、おトイレに……」

「これぐらいで我慢できないなんて言わせないよ」

なおもためらう澄絵に、志々目が力ずくでローボードに座らせた。大きくひらかせた右脚は志々目が、左脚は末崎が押えこんだ。

蜜でヌレヌレの秘園がぱっくり割れて、ブライトピンクの充血した大きめの花びらも咲きひらいた。銀色の蜜を溜めた媚肉のくぼみも閉じているわけにはいかず、左右に分かれて秘口を見せていた。

乗馬鞭を持った美冴が、鞭先で花びらを左右に弄んだ。

「ああ……」

尻を動かそうとしたが動かなかった。上半身だけがよじれた。

鞭先は花びらをぴらぴらと弄んだあと、お遊び程度に白い内腿をピタピタと叩いた。

「おトイレに行かせて……ください」

まだ我慢できそうだが、ギリギリまで我慢するのは恐かった。

「私のオマ×コとお尻の穴は淫乱ですと言ってごらん。そしたら考えてやってもいいよ」

あざ笑う美冴に、澄絵は唇をかすかに動かした。破廉恥な言葉を出すのは恥ずかしい。これまでも何度も繰り返されたことだが、いつも口ごもってしまう。

「言えないってことは、まだココを触ってほしいってことだね」

クリトリスを鞭先で上から押えつけた。

「ああっ」

澄絵の喉が伸び、顎と乳房が突き出された。

肉のマメを押えつけたまま、美冴はグリグリとそこだけ揉んだ。

「あはっ！　あう！」

このまま揉みしだかれては、すぐにでもイッてしまう。そうなればその瞬間、排泄を堪えている自信はない。

「やめてっ……ください。あはっ……」

徐々に迫ってきた排泄感を堪えるために、上半身を前に倒した。

脚をつかんでいるふたりの男がニヤニヤしながら、苦痛と快感のないまぜになっている澄絵の顔を見上げていた。

「ここで垂れ流すんじゃないだろうね」

肉のマメを押し潰しながら美冴が笑った。

「あああ……許してください……」

澄絵は脚をせばめようと躍起になっていた。

「だったら何と言えばいいの？」

「あああああ、や、やめてっ……私のオマ×コと……ああっ……お、お尻の穴は淫乱です。だから、お、おトイレに行かせてください。は、早くっ！」

絶頂を迎えようとする間際、澄絵は叫んだ。鞭の動きがとまった。

「せっかく入れてやったのに出したいと言うわけ？　何が出るっていうの？　ここに出る前にきれいにしたから、オシッコみたいにきれいなお湯だけしか出ないんだろ。さ、早くおし」

澄絵をローボードから立たせ、汗で尻の形にびっしょり濡れている箪笥の上に、空の洗面器を置いた。

「お客さんの方を向いてお出しよ」

美冴は冷やかに笑った。

「いやっ！」

全身でいやいやをした。それだけはできそうになかった。

手の自由のない澄絵は、編み上げのロングブーツに胸ですがりついた。汗まみれの澄絵を無視した美冴は、腰にディルドをつけた。

「お舐め」

そり返った黒い疑似ペニスを、すがる澄絵の口に近づけた。

「おトイレに行かせてください……」

「一段高いところに上等のトイレがあるだろ。それがいやなら我慢おし。さあ、お好きなペニスをお舐め」

全身熱い。空気の通わない面の下は汗でどろどろになっている。腋の下、乳房の間、内腿から汗が流れはじめていた。

腹部の重さと痛み、今にもひらこうとしている菊花。のぼせて眩暈がしそうだった。くらくらして倒れそうななかで、澄絵は残っているわずかのプライドと戦っていた。

「ああ、だめっ！」

片足をローボードにかけた澄絵は、反対の足を乗せて躰を上に運んだ。客に背を向けて洗面器をまたいだ。たちまち透明な液が噴出した。

「おう」と男達が歓声をあげた。

ただひとり硬直しているのは徹だった。緞帳がひらいて澄絵が立ったときから、何十回となくステージに駆け上がりたい衝動に駆られ、そのたびにためらい、怒り、哀しみ、歯ぎしりしていた。

救いたい気持ちはもちろんあった。だが、毎日を自由に過ごしている澄絵が、なぜこんなところにいてアブノーマルな仕打ちを受けているのだという疑問もあった。

破廉恥なことをされていながら濡れている澄絵。それはいったい何を意味するのだろう。

澄絵の意志でやっていることなら……。そんな信じたくないことが、ふっと脳裏を掠めるのも事実だ。

「ほら、おまえの大好きなお尻に入るペニスだよ。よくお舐め」

すっくと立った美冴の腰から生えた黒いペニスを、澄絵が跪いて口に入れた。まるで本物の肉茎に対するように、側面を、亀頭部から根元までを、鈴口をと、澄絵は唇と舌で熱心に舐めまわした。全体を咥えて顔を前後させるとき、口中に溜った唾液がジュクジュクと淫らな音をたてた。

透明な湯だけの排泄だったとはいえ、澄絵のプライドなど微塵も残っていなかった。客達の前で守るものは何もなかった。

「ワンちゃんにおなり」

素直に四つん這いになった。

「いやらしいお尻を振ってごらん。おまえは盛りのついたメス犬なんだ」

澄絵はゆっくりと左右に尻を振った。客席から笑いが起こった。

「まあ、いい子だこと。いい子にはご褒美だよ。息を吐いて」

菊花に触れた疑似ペニスに、すぼまりがひくついた。勃起の状態の太い肉柱は、ゆっくりと菊皺を引き伸ばしながら、菊口深く呑みこまれていった。

「あぁう……」

澄絵の頭がのけぞった。

バックからの抽送がはじまった。

3

小銭だけを残した持ち金のすべてだった。それでも澄絵を自由にできないとしたら、警察沙汰になるどんな無茶でもやってのけたかもしれない。

父親が弁護士事務所の所長で、猥褻な秘密ショーに出演したのがその妻で、自分の継母であることが公になっても、何かをせずにはいられない心境だった。

もしもきょうほかの男の手に渡ったとしても、マンションに寄れば澄絵に会える。そして一円の金もかからない。だが、今、ここで会わなければ意味がない。怒りと哀しみでいっぱいの気持ちを、たった今ぶつけなければ気がすまない。

澄絵は二時間だけ徹のものになることが決まった。けれど、悦びなどあるはずがなかった。決まったそのときも、すべてを破壊したい乱暴な思いが湧き上がった。このショーを仕組んだ者達だけでなく、澄絵や自分さえも破壊しつくしたかった。

まだ澄絵は徹に気づいていないはずだ。ショーが終わったあと、ステージの裾からすぐに消えてしまった。

「最初からあの女に入れこんでいた坊ちゃんが、念願叶ってついに手に入れましたね。いやはや、あの金額には恐れ入りました。お若いのにたいしたものだ」

観客もいなくなり、暑苦しいマスクを剝ぎ取った徹に、末崎が愛想笑いした。

「早く会わせてくれ」

「化粧直しですよ。風呂にも入れないと汗まみれですしね」

「汚れたままでいい。その方がいい。風呂になど入れるな。すぐに連れてこい！」

徹は怒鳴った。

いつも美しく楚々としていた継母。近寄れば甘い体臭が漂ったものだ。だが、今は汗まみれの髪を乱した澄絵こそがこの場にふさわしい。もはや徹は、荒々しい獣にしかなりえない。

「風呂に入れるのを嫌う御仁《ごじん》も多いが、若い人では珍しい。わかりました。すぐに連れてきましょう。オーナー室が逢引の部屋ということになっていますので、どうぞ」

「外に連れ出せないのか」

「困りますよ。最初に言ってあったはずです。傷つけないことを条件に、二時間だけどんなことでもご自由に。しかし、女のマスクは外さないこと。場所はこの建物のなか。そうそう、言い忘れていたかもしれませんが、マスクを外されないためにも、また、女の身元を聞かれたりしないためにも、傍らに社長がついていますからね」

「何を！」

「そう怒らずに。坊ちゃんだけじゃありません。いつもそういう決まりなんですから。見られながらのセックスってのも、やってみればなかなかいいもんですよ。いえ、抱きたくなけりゃ、無理に抱くことはないですよ。口や指や道具でのいじり責めってのもありますし、まあ、お好みでご自由に」

部屋を指定されるのはともかく、志々目が傍らで見物しているということに、徹は腹が立った。そして、澄絵が徹を見たときの驚きを考えると、志々目がそれに気づいてどうするか不安になる。

ロココ調で統一された贅沢なオーナー室だった。徹が入ると、志々目が唇で笑った。

「早くも手に入れましたね」

「あんな大金を払ったんだ。ふたりのために部屋を明け渡してくれたっていいだろう？　見張りがいるところで女を抱けと言うのか。俺はそんな趣味はないんだ」

「外で会われると困るんだ。女のマスクを取られても困る。何しろ、普通じゃ相手にできないわけありの女なんでね。身元を探られちゃ困るんだ」

「俺はあの女の顔をとうに見てるんだ。その女に惚れて、ここに通って金を注《つ》ぎこんできたんだ。マスクを剝ぐぐらい何でもないだろう」

「そういう決まりなんです。いやなら金を持ってお帰りなさい。あの女ならいつでも買い手がつく。こっちとしては、今すぐにでもあなたに金を戻してもかまわないんですよ」

客より優位に立っている自信たっぷりの志々目に、徹は奥歯を嚙んだ。

「わかっていただけたら、あの女をここで自由にするもよし、そのドアの向こうの仮眠室にしているベッドで自由にするもよし、ご自由に。ここの特殊会員はアブノーマルな性癖の持ち主が多くて、必ずしもベッドを必要とするわけじゃない」

「俺は抱きたいんだ。二時間たっぷり」

志々目の言葉を横から遮った。

「どうぞ」

志々目は鼻で笑った。

ノックのあと、徹の脳裏に刻まれてしまったピンクの長襦袢を羽織った澄絵が、増女の能面に似た半面を被ったまま、末崎に連れてこられた。

「ほら、若いのにおまえに惚れこんだお客さんだ。たっぷり悦ばせてやれよ」

背中を押してオーナー室に入れ、末崎はすぐに出て行った。

末崎に押されてつんのめりそうになった澄絵は、志々目の横に立っている徹を見て血が凍りそうになった。

徹の血は血管を破りそうな勢いで流れていた。

「あんたをこの近くで見かけたときからぞっこんなんだ。さんざん通って金を使って、ようやく会えた。最初見たとき、こんな上品な女はいないと思っていたが、あんなふうに尻を振って催促する女だったとは驚いた。俺が驚いてるんだ。あんたがそんな顔をして俺を見ることはないだろう。俺の顔に何かついてるのか」

澄絵がまずいことを喋らないうちに、故意に乱暴な口調で言った。ふたりの関係を知られないために、何も喋らないでくれという思いがあった。

澄絵は口をあけたまま瞬《まばた》きさえ忘れていた。その場に突っ立ったまま息苦しさに喘いだ。

「社長、ベッドを貸してくれ。さっき言ったとおりだ」

まずいことにならないうちにと、徹は澄絵の腕をつかんだ。それに、ステージでの澄絵の狂態を見たあと、こうして面と向かい合ったことで、怒りの伴った昂ぶりに満たされていた。

「こいよ」

「いや……」

澄絵はその腕を振りほどこうとした。か弱い女の力が、柔道や空手で鍛えた徹の腕力にかなうはずがなかった。

部屋の奥は仮眠室と言っていた志々目だが、天蓋つきの贅沢なベッドがあり、男が仮眠に使うような部屋ではないのは一目瞭然だった。

腕を引っ張られる澄絵は、伊達締めも締めていない長襦袢の前があき、裸体と変わらなかった。

志々目もなかに入り、ドアを閉めると、布張りのアームチェアに腰を下ろした。

ベッドに押し倒された澄絵は軽くバウンドした。

「いやっ！」

「おまえは俺に買われたんだ！　素人女じゃないだろう！」

腕を押えつけた徹の、面の下を覗き見るような憎しみに満ちた瞳が、澄絵の心を射った。

買われたという言葉と、素人女ではないだろうという憎悪に満ちた言葉に、澄絵の力が抜けていった。

抗いをなくした澄絵に、徹は布切れのように躰にまといついている邪魔っけなピンクの長襦袢を剝ぎ取った。

「仰向けになって、脚を広げろ」

翳りを隠すように太腿を堅くつけ、乳房を両手で隠した澄絵は、いやいやと首を振った。

乳房を押えた手首に、まだいましめの縄痕がついている。

「広げろよ。ステージの上で、さんざんみんなに見られたんだ。今さら隠すことはないだろ」

「許して……」

秘密を知られた継母の懇願の目が、面の奥で弱々しく光っている。徹はそれを無視した。

「社長、ロープはないのか。ベッドにちょうどいいポールが立ってるんだ。大の字にこの女をくくりつけたっていいんだろう」

機械のような表情で椅子に座って番をしている志々目に尋ねた。

はっとした澄絵は半身を起こし、ベッドの方に尻でずり上がった。

志々目の横のキャビネットから、すぐに赤いロープが出てきた。

「俺は女を縛ったことがないんだ。はずれないようにくくりつけてくれないか。それとも、手伝いはしないのか」

「別にかまいませんよ。しかし、ロープ以外に、素人さんでも簡単に拘束できる道具がいろいろあって、よかったら選んでもらってかまいませんよ」

キャビネットから出した革の拘束具や鞭や淫具の類を、志々目はテーブルに乗せてみせた。

「これは首輪。これが手足の枷。穴のあいたのは乳房枷。全身拘束ならこれ。こっちは嵌口具。鼻吊りもあれば、手挾みもある。これは貞操帯」

「もういい」

はじめて目にする淫猥な道具に股間を膨らませながら、徹は肩で喘いでいる澄絵に視線を向けた。

最初に赤い首輪を取った。

「みんなに向かって尻を振ってたんだったな。犬にはこれが似合いそうだ」

継子の突然の出現に怯え、戸惑っている澄絵に、徹は獣の血が沸き上がってくるのを感じた。

何年もの間、憧れ、慕っていた美しい澄絵だけに、裏切られた気持ちは大きい。澄絵はたった一度も、観客に向かって救いを求めようとはしなかった。黒ずくめの女王にだけ、何度か許しを乞うたのだ。

壁ぎわで行き詰まり、ベッドの縁で躰を丸めて身を守っている澄絵を、徹はベッドに飛び乗ってつかまえた。

「いやっ！」

いやがる澄絵を中央まで引っ張り、腕を背中の下に押えこんだ。腹に乗り、髪を振り乱して頭を振る澄絵の首に赤い首輪を填めた。きめ細かい首筋は、汗でじっとりしている。志々目が、よかったらどうぞ、と横から首輪につける鎖を差し出した。

犬のような首輪をつけた継母に、徹は猛々《たけだけ》しい獣になった。鎖をつけてぐいと引いた。

「あうっ！」

澄絵の頭が浮いた。

「ステージであの女がつけた偽物のペニスを舐めまわしてたな。本物の方がいいんだろう。俺のものを出して舐めろよ」

テントを張った腰を突き出した。

戸惑い、何かを訴えたそうにしている半びらきの唇と、面の奥の黒い目が弱々しいほど、徹は昂ぶり、残酷になっていく自分を感じた。

火照ってねっとりした澄絵の総身が、ますます淫靡さを増して光ってきた。

「早くしろ！　いくら払ったと思ってるんだ！」

また、ぐいと鎖を引いた。

「あう！」

容赦ない仕打ちに、澄絵は首に近い部分の鎖を握り、躰ごと引っ張られようとするのをとめた。

「待って……」

「するのか」

「はい……だから、引かないで……」

まだ鎖を持つ手に力を入れている徹に、ようやく出る声で哀願した。

鎖がゆるんだ。

澄絵は震える手で、五つしか離れていない継子のズボンのベルトを外し、ジッパーを下ろした。

ズボンを下ろしたあと、澄絵はトランクスを正視することができなかった。澄絵が勇一郎と暮らすようになって、徹は別のマンションで暮らすようになった。まだ一度も彼の下着を洗濯したことはない。それだけに、徹のトランクスを触ることにはためらいがあった。

「早くしろ！」

顔を横に向けた澄絵に、徹はまた鎖を引いた。

「あうっ！」

トランクスの下で、肉棒が猛々しく息づいている。トランクスを下ろすとき、澄絵のCカップの乳房が波打った。熱い鼻息は腹部を撫でた。

産毛さえない白い腕が、トランクスを下げていく。首から垂れた鎖が揺れた。

乳房に乗った大きな乳暈と、色素の薄い乳首。こうして身近に見ていると、ひっそりとまじめに暮らし、ときおり夫にそっと触れられているだけではないかという気がしてくる。

だが、この目を隠した妖しい面は何を意味しているのか。男達がいるのがわかっていながら救いを求めようともせず、結局はこの面をつけたまま、最後まで美冴に従い、破廉恥な行為を続けた澄絵……。上品でおとなしい継母を演じ続けていた女だと疑う余地はない。

いきり立った徹の肉茎をまともに見た澄絵は息を呑んだ。丸みを帯びた肩先が喘いだ。ふっくらした赤い唇が微妙に動いた。

「しろ」

その上品な唇で何人の男達のペニスを咥えこんできたんだと、胸座をつかんで尋ねたかった。

ひときわ大きく乳房を波打たせた澄絵が、唇を丸くひらき、鎌首をもたげた肉杭を口に入れた。

やわらかすぎる生あたたかい唇だ。舌はねっとりと側面にまとわりついてくる。湿った鼻息が恥毛を揺らした。

憧れ続けてきた継母の口に含まれ、徹は一瞬怒りを忘れた。

澄絵の頭がゆっくりと動きはじめた。頭を動かしながら舌を側面に絡ませ、鈴口や肉傘の下もまんべんなく舐めまわしていく。口を真空状態にし、口蓋と舌で側面を刺激する。ねぶっては唇だけで舐めあげる。根元を握っていた指が、皺袋の刺激をはじめた。

「うう……」

巧みな口技に、徹はすぐに精を洩らしそうになった。

　こうやって澄絵は上手な口技で男達のものを舐めまわしてきたのだ。そう思うと、徹はフェラチオに恍惚としているわけにはいかなかった。

「もういい。四つん這いになれ」

　尻を掲げた継母は、女芯もアヌスも丸見えになった。信じられないものを咥えこんでいた菊の蕾は、わずかに赤く色づき、もっこり膨らんでみえる。その下のクレバスで、露が光っていた。

（濡れてる！）

　徹は目を見張った。首輪をされ、無理矢理にフェラチオさせられたというのに、継母はすでに蜜をこぼしているのだ。

「淫乱女め！」

　ふたたび怒りに燃え上がった徹は、豊満な尻肉をひっぱたいた。

「あう！」

　前のめりになった澄絵は、肩先をシーツにつけた。

「この淫乱女め！」

　徹はうしろから、濡れ光っている柔肉の狭間に熱い剛棒を押し入れた。すぐさま肉茎は膣襞に締めつけられた。

澄絵の頭と肩先が沈んだ。

「これが欲しいのか。そんなに欲しいのか。くれてやる！　もっとか！　どうだ！」

徹は深々と腰を沈めながら、きりきりと締めつけてくる肉襞に歯を食いしばった。

「ああっ！　くっ！」

激しく打ちこんでくる剛直に、内臓を突き破られそうな衝撃が走っていく。

(もうだめ。何もかもおしまい。もうあの人のもとには帰れない……)

何も知らないだろう勇一郎の顔が浮かび、涙が滲んだ。

徹の乱暴な抜き差しのたびに澄絵は大きく前後に揺れ、ベッドはギシギシと音をたてた。

天蓋を支える四隅の支柱も揺れた。

気をやる前に徹は肉茎を抜いた。

「うしろもいいんだな」

相変わらず無表情に座っているだけの志々目に尋ねた。アナルコイタスの経験のない徹には、気持ちははやっても不安があった。

「どうぞ。しかし、クリームを使った方がいい。お客さんのように乱暴にやるんじゃ、調教済みのケツでも裂けてしまう」

ガラス瓶を放った。

クリームを指先に掬った徹は、ひくつく菊蕾を眺め、さらに肉杭をそり返らせた。

片手でがっしり腰をつかみ、すぼまりに塗りこんだ。

「あぁう……許して……」

肩ごしに振り返った澄絵の唇が震えている。

徹は憐憫《れんびん》よりも嗜虐に酔った。

「この淫売め！」

菊口につけた剛直を、ねじこむようにして潜りこませていった。

「んんんんっ……はああっ……堪忍……」

澄絵の手がシーツを握りしめた。

第五章　禁断の奴隷契約

1

金と引き換えに二時間澄絵を弄んだ徹は、他人を装ったまま、志々目に時計を見せられて出て行った。

ぼろ雑巾のようにぐったりとベッドに倒れこんだ澄絵は、そのまま眠ることも許されなかった。無表情だった志々目が好色な視線を向け、襲ってきたのだ。

午前中から呼び出され、人前に出され、徹にまで辱められ、さらに志々目に抱かれ、澄絵にはわずかな気力も残っていなかった。

美冴の運転でマンションまで戻ってきたが、その間、座席にもたれて眠りこんでいた。何度か起こされ、ようやく目が覚めた。

「着いたわよ。みんなに気に入られたようだから、また二週間したら出てもらうわよ。ちがった趣向を凝らしてね」

「もう、許して」

　怒りに満ちた徹の顔が浮かんだ。勇一郎の顔も浮かんだ。夫の連れ子に抱かれてしまったからには、今までの生活を続けるわけにはいかない。出て行くつもりでいる。それでも、執拗な志々目達は澄絵を捜し出し、どんなことをしてでも、あのステージに乗せるつもりなのかもしれない。

「いやとは言えないはずよ。旦那さんは弁護士で、弁護士事務所の所長までしているのよ。あなたがあんなショーに出て、しかも客に抱かれているとわかったら、困るのはあなただけじゃないのよ。信用の問題よ。そのくらいわかってるでしょ」

　唇だけで笑い、冷たく目を細めた。

「それに、腹を立てたら何をするかわからない人達よ」

「夫とは別れます。だから、もうこれきりにして」

　こんな二重生活をいつまでも続けられるはずはない。徹の口から勇一郎にはすぐに知れるだろう。

「離婚するっていうの？　それはいいわ。旦那と別れるなら、二十四時間私達の自由になれるってことだもの。別れても逃げるわけにはいかないわよ。ホームから突き落とされそうになった旦那さんのこと覚えてる？　訊かなかったの？」

澄絵はレイプされた日の、パーティの席でのことを思い出した。少し遅れてきた勇一郎は、誰かに突き落とされそうになったと言った。それが志々目の仲間の仕業であることは、その夜の電話でわかった。

「あなたが逃げれば、別れたあとでも彼の葬式が出ることになるかもしれないわ。またあした電話するわ。居留守を使ったってだめよ」

立っているのもやっとの澄絵に目もくれず、車は走り去った。

勇一郎は久々にゴルフに出かけているはずだ。ゴルフが終われば呑み会があると言っていた。まだ帰宅していない時間だ。それだけがせめてもの救いだ。

エレベーターのなかで、躰が沈んでいくような気がした。

玄関をあけると、徹が立っていた。澄絵は短い声をあげた。

「やけに遅かったじゃないか。俺が帰ったあと何をしていたんだ」

澄絵は喉を鳴らした。

《ピティフル》の舞台で桜色の長襦袢姿だった澄絵は、鴇色《ときいろ》地に小花を散らした地味な友禅を着ていた。

「継母さんがあんなことをしていたとはな。いつからなんだ。親爺《おやじ》と結婚する前からか。来いよ」

着物の袖ごと腕を引っぱると、おとなしい香色の草履が抜けた。

「事務所で働きはじめたときからあんなことをしていたのか。まじめな振りして働いて、お袋が死んだら親爺の連合いになって、陰ではあいつらの言いなりにあんな変態行為か。いったい何を考えてるんだ」

哀しみに満ちた澄絵の目が徹を見つめた。

「お父さまとは別れます。だから、もう何も言わないで」

今にも鼻頭を染めてすすり泣きそうな澄絵だ。

「最初から親爺や俺を騙すつもりだったのか」

目の前の澄絵は、《ピティフル》であれほど破廉恥な狂態を演じた女とは思えない。新妻らしくうぶな感じがして、徹をいっそう苛立たせた。こうやって騙され続けてきたのだと思った。

いつかの夜、こっそりとマンションに忍び入り、寝室に聞き耳を立て、ベランダから盗み見た夫婦の営みを思い出さずにはいられない。

これがいつも楚々としている継母か……。そう思えるほど声をあげていた。勇一郎もまるで人が変わったように澄絵に挑んでいた。あれが本当の澄絵の正体だったのだ。おとなしそうな顔をして、男を手玉に取る女だったのだ。

ほんの二、三時間前、徹もかつてない行為で挑んだ。あの数々の小道具を見ると、さらに激情が走り、澄絵を辱めずにはいられなかったし、辱めなければならないのだとさえ思った。

(この女がそうさせたんだ)

徹はふたたび昂ぶり、勃起した。いつ勇一郎が戻ってくるかもしれないという不安も忘れ、和室に引っ張りこんだ。

「もう堪忍して! 徹さん、許して! きょうは許して!」

これ以上男の手で触れられるのは苦痛以外の何ものでもない。ベッドに入ってひたすら眠りたい。澄絵は精根尽き果てていた。

「きょうは? だったら、あしたならいいということか。親爺に抱かれていながら、息子の俺にも抱かれていいってことだな。ようやく本心を現したな。事務所で働いていたのは俺達の目をごまかすためか。それ以外は外に出て、男達と破廉恥にあそんでいたのか」

押し倒された澄絵は、裾が乱れてあらわになったふくらはぎを隠した。片手は胸元を押えた。

《ピティフル》では最後まで面に隠れていた鼻の半分から上。面の下で光っていた目。その目を隠すものがない今、弱々しい光を宿した瞳は、訴えるように徹を見つめていた。

五つ年上というのに、まるで仔兎のような顔をしている。誰かに保護してもらわなければ生きていけないのだというか弱い目。男の肉茎など咥えたこともないというような可憐に震えている薄い紅を塗った唇。

夫以外の男から身を守るのだというように、胸元をしっかりと押えている手。その指先には、透明に近いマニキュアを塗った爪が乗っている。

押し倒されたあとに、くの字に曲げた両脚は、いかにも裾が乱れるのを庇《かば》っているといった感じだ。

「やめろよ！　そんな顔をしたってもう騙されないぞ！　人前でよくもあんなことができたものだ」

ディルドをつけた女に跪き、ねっとりと疑似ペニスを舐めていた澄絵。尻を掲げ、そのペニスで菊蕾を犯され、喘いでいた澄絵。これまで何度もそうされていたのだとわかる。ふたりだけでしていたのならまだしも、男達が見ている前でやってのけたのだ。

「あれほどマゾっ気があるとは思わなかった。おそれいったよ。その目だ。そうやって拒む振りをしながら誘ってるんだろう。もうわかってるんだぞ。破廉恥に犯してくださいと言ったらどうだ」

「好きなようにして。どうせ弄ばれ尽くした女です。これからも……でも、しかたがなかったの。あなたのお父さんを……勇一郎さんを守るためには、しかたがなかったの！」

しかたがなかったの、という最後のひとことを、澄絵は全力を振り絞るようにして言った。そして、顔を覆って、わっと泣きだした。

「どういうことだ」

徹は肩先を揺すった。

エレベーター修理を装った男達の罠にはまって、非常階段でレイプされたこと。脅しに、澄絵だけにわかるように、勇一郎の命が狙われたこと。部屋に入りこまれた美冴に弄ばれ、録音された声を電話で秘密会員らしい者達に流されたこと……。

それらを勇一郎に明かすことができず、だんだん深みにはまっていき、ついに引き返せないこんなところまできてしまったこと……。

澄絵は嗚咽《おえつ》しながら話した。

徹は、澄絵を陥れ弄んでいる美冴や志々目達への激しい憤りと、澄絵を勝手に悪者にし、辱めるだけ辱めた自分への罪の意識に苛《さいな》まれた。

そして、丹沢法律事務所のオープン祝賀パーティのときを思い出していた。

下着を物色するつもりできたが、まだ澄絵はマンションにいた。乱れていた玄関に置かれた草履。おかしな時間にシャワーを浴びていると思ったが、あれは、志々目達に汚されたあとだったのだ。なぜあのときに異常に気づかなかったのだろう。

勇一郎が誰かにホームから突き落とされそうになって、その男を追いかけたが見失ったと言っていたことも思い出した。

具合いが悪いという澄絵を、丹沢夫人はおめでたでしょうなどと言った。だから徹はいたたまれずに、さっさとパーティを抜け出したのだ。

(俺は何というバカだ。なぜ継母さんの窮地を救ってやれなかったんだ。なぜ気づかなかったんだ)

澄絵は男を誘惑する煽情的な悪女ではなかった。高校生のときに一目惚れして感じたように、まじめでやさしい女だったのだ。

「何も知らなかった。だから……」

タブーを犯して継母を抱いてしまった痛みがあった。けれど、いちど抱いてしまったからには、もはや澄絵の躰を忘れることはできそうになかった。

「継母さん……出て行かないでくれ」

「ここにはいられないわ」

「親爺には言わない。だから」

「騙されているお父さまが可哀相と思わないの？　それに……」

澄絵は徹に背を向けてまたすすり泣いた。

「あの人達にアブノーマルな性を教えこまれるようになって、あなたのお父さまに抱かれても悦びを得られなくなってしまったの。辱めを受けないと感じなくなってしまったの」

ショッキングな言葉だった。だが、秘密ショーでも、徹にあんな破廉恥な行為を受けたときも、澄絵の秘園は濡れていた。だから、澄絵の言う意味がわかった。

「あなたのお父さまに抱かれながら、感じた振りをしているの。ここ一、二カ月、お父さまに抱かれてもエクスタシーを得られないの。あの人がやさしければやさしいほどだめなの」

肩先を震わせながら泣きじゃくっている澄絵のうしろ姿を見つめながら、徹は澄絵を悦ばせることのできる男になりたいと思った。

「四つん這いになれよ」

泣いている澄絵がはっとしたのがわかった。

「聞こえないのか。四つん這いになれと言ってるんだ。どうせメス犬なんだろ。裾をまくって尻を出せよ」

背中を見せたまま、澄絵はいやいやをして顔をおおっていた。

ぐいと背中を押した。

「あう」

澄絵が前のめりに倒れた。

「許して。きょうはいや。ね、堪忍……」

伏せた躰をそのままに、顔だけ起こして言った。

「犬になれよ！」

澄絵はよろりと腰を上げ、腕を立てた。

徹は香色の友禅ごと、《ピティフル》で見た桜色の長襦袢も湯文字もまくり上げた。ショーツは穿いておらず、すぐに尻が剝き出しになった。

赤くなった菊蕾が痛々しい。オーナー室のベッドでクリームを塗りこめてやったものの、徹はヴァギナを突くように、この排泄器官を激しく犯したのだ。

こわごわ指ですぼまりを触った。

「あう……」

澄絵がびくりとしたとき、双丘の谷間がせばまった。

「堪忍……そこは堪忍して」

徹の乱暴な行為で、まだ菊花がひりついている。時間をかけて拡張された菊口でも、女芯とはちがう。また《ピティフル》でのように徹に突かれてしまえば、ズタズタに菊花が裂かれてしまうような気がして恐ろしい。

「痛いか」

赤くなって腫れぼったくなっているとはいえ、菊の蕾はすぼまっている。太い肉杭が入りこんだことが夢のようだ。

徹は澄絵の尻のうしろで跪いた。腰をつかんで菊花に唇をつけた。

「はああっ……」

尻を落とそうとした澄絵に、徹はがっしりと腰をつかんだ。菊皺の周囲から中心に向かって舐め上げていった。ヒクヒクする菊芯に舌を当てると、つるつるしていた。

「あう……徹さん……堪忍……」

堪忍と言いながら、澄絵の声は甘やかだ。

美しすぎる排泄器官を、徹は犬や猫のように舐め上げた。そうしながら、指で女園に触れてみた。ぬめりがいっぱいだった。

尻を押し上げるようにして、うしろから菊花の下のスリットや花びらや肉のマメを舐めまわした。

「徹さん……はあっ……」

継母の喘ぎに徹の剛直は火照っていた。だが、刺すつもりはなかった。腫れ上がっているところを犯すほど残酷にはなれなかった。弄んだところを癒してやりたいのだ。

仰向けにして太腿を抱え上げた。白い足袋が空に浮いて妖しかった。

持ち上がった腰に顔をつけ、また舐めまわした。小さめのクリトリスだが、包皮から顔を出して翳りを乗せた皮膚が汗ばんで光っている。

ぷっくりしていた。花びらは血を吸ったように太っている。

柔肉の合わせ目に銀色に光る蜜が溢れ、とろりとこぼれそうだ。それを舐め上げ、味わった。パールピンクの粘膜は、舐めまわすほどにいっそう真珠色に輝きを増してくる。

いくら耐えようと思っても、やわらかい粘膜を突き刺したい衝動に駆られてくる。腰を下ろし、指を入れた。根元まで差しこみ、子宮頸に触れた。もう一枚の花びらというようにプルプルしているそこを、指で弄んでみた。

「はあっ」

卵形の顎が突き出し、澄絵の眉間と口元に悦びが走った。

膣襞を摩擦してはプルプルをこねまわした。

「うぅん……あああ……」

何と甘やかな喘ぎだろう。徹はその声に精を噴きこぼしそうになった。

花裂の指を動かしながら肉のマメを舐めた。

「んんっ！　くっ！」

腰が小刻みに何度も跳ねた。

（イケ！　イケよ、継母さん！）

あとからあとからヌルヌルを出してくる花園を舐めまわしながら、徹は指をせっせと動かした。

足袋先の指がこすれている。ますます澄絵の眉間の皺は深くなってきた。下唇を軽く噛んでは口をあけ、はあっと熱い息をこぼしている。

「あは……あはっ……んく……」

喘ぎの間隔が短くなってきた。もうすぐ絶頂を迎えようとしているのがわかる。一本の指を菊の蕾に押しつけた。

「くううっ！」

膣襞が激しく蠢いて指を締めつけた。腰が痙攣を繰り返した。鼠蹊部と太腿は緊張と弛緩を繰り返した。着物の下の乳房が大きく波打っている。ぬめる唇が花びらのようにひらいていた。

《ピティフル》を出るときに整えたらしい髪が、また数本ほつれ、頬から口にかけてへばりついている。艶やかな人妻の匂いがした。

「親爺には秘密だ。ふたりで秘密を持とう。な、継母さん」

ほのかに甘い汗の香りのする澄絵に躰を合わせ、唇を塞いだ。

勇一郎が帰ってきたのは、それから一時間ほどしてからだった。

シャワーを浴びた澄絵は洋服に着替えていた。徹はウィスキーの水割りを呑んでいた。

「ゴルフだったたって？　帰ろうかと思ったけど、せっかく来たんだから待っていたらと、継母さんが言うもんだからさ」

「晩飯は食ったのか」

「終わってからきたんだ。今、何時だと思ってるんだよ」

いつもと変わらぬ勇一郎だ。澄絵のもうひとつの世界に気づいていない。ポーカーフェイスのできる父ではないとわかっているだけに、徹はほっとした。

「またくる。別に用はないんだ」

「泊まっていったらどうだ。部屋はあるんだ」

「一年もたっていない新婚を邪魔しちゃ、野暮だろ」

「バカ言うな」

勇一郎がクッと笑った。

「実は、これから友達と会うんだ」

他人ではなくなった継母に、徹は父にわからないような視線を送った。そして、リビングを出た。

2

「マリアンヌさん」

黒のＡＭＧから顔を出した徹は、ジュエリーショップから出てきた美冴に声をかけた。知り合いから借りた高級車だけに、乗り心地より、事故でも起こしたら大変だという不安の方が大きい。

黒いレザーのスーツとミニスカートの美冴は、ショートカットの耳元にアメジストらしき薄紫のピアスをつけている。

「凄い車ね。でも、誰だったかしら」

「ビューティフルでチーフに御曹司と言われてる男さ。きのうの女、ずいぶん高くついたな」

「ああ、あなただったの。でも、あそこ以外じゃ私とお客さんとは他人よ。いくら金払いがよくても」

彫りの深いハーフのような顔をした美冴は、すらりと伸びた脚をひととき止めただけで歩きだした。

「商売の話だぜ。俺のつきあってる女、なかなかの上物なんだが、とうに飽きてるんだ。ある会社社長の令嬢で、天下のS女子大に在学中だ。買わないか。そいつが気に入らなければ、ほかにも二、三人、いいとこの人妻や美人秘書とつき合ってるぜ。そいつらも買いたければ売ってやる」

美冴の足が止まった。

「飼い慣らすなら、これからどんなにでもなる女だ。ノーマルなセックスしか知らないし、従順で性格もいい」

「売るって、どういうこと」

「最近、家から頻繁に金を持ち出してたが、とうとう親爺にばれたんだ。ケチなはした金のくせに文句言いやがって、しばらく金が自由にならなくなった。つまり、きのうの女を買えなくなるってことだ。その金が欲しいんだよ。働いて稼ぐ気はないからな」

「あなたも悪ね」

美冴が同類だというように笑った。

「三百万、用意してくれよ」

「そんな大金、バカなこと言わないでよ」

「この車も買えないはした金じゃないか。用意していて損はないと思うがな。その女を見てから、いくら出すか決めればいい。五十万にするか三百万にするか、あんたが決めればいいことだ。俺に金を払ったあと、あんたはもっと高くピティフルの社長に売ればいい。悪い話じゃないと思うがな。今晩、その女と会うことになってる」

美冴に場所を言って走り去った。

都心のHホテルの地下のバーで、純子は待っていた。

「はじめまして。荒巻です。お邪魔してごめんなさい」

美冴は徹の知り合いを装って、適当な名前を口にした。挨拶しながら、素早く品定めしていた。

薄化粧がいかにも上品でさりげない。柔らかそうな黒いストレートの髪が、肩にふんわりとかかっている。

理知的な女子大生の顔をしている。就職するなら大企業の社長秘書がぴったりといったところだ。

整えられたやさしい眉の下で、日本的な奥二重の目が澄んでいる。朱を塗った唇はいかにも聡明そうで、育ちのよさが滲んでいた。

赤いワンピースも、赤いラムスキンのショルダーバッグも、それと揃いのヒールもシャネルだ。

社長令嬢というのは本当らしい。それも、かなり羽振りのいい会社ではないか。美冴はそんなことを思いながら、徹の商談に乗るべきだと判断した。

胸の膨らみもいい。全体の肉づきも理想的なようだ。

「徹さんの知り合いでファッション雑誌の編集をやってるの。素敵なお洋服ね。全部シャネルでしょ？」

「ええ」

胸を張らず、恥ずかしそうに返事したのが気に入った。

「そのお洋服を着たあなたをぜひ雑誌に載せたいわ」

名の知れたファッション雑誌の名を言った。

「名刺をちょうど切らしてるの。ごめんなさい。雑誌のこと、別にいやならいいのよ。それとは別に、ぜひあなたのような素敵な人とお友達になりたいわ」

始終上品に微笑している令嬢を観察しながら、志々目はこの女なら十分に気にいるだろうと確信した。その前に、ぜひ自分で可愛がりたいものだとも思った。

「あの……ごめんなさい……ちょっとお化粧室に……」

「どうぞ」

もじもじしながら口にした純子に、美冴はまた点数を上げた。

純子がいなくなると、徹は美冴に顔を近づけた。

「どうだ」

「気に入ったわ」

「純子は俺しか知らないんだ。ヴァージンをいただいたのはほんの半年前だ」

「悪い男ね」

「きのうの熟した女に比べると青臭いネンネだ。で、いくら出す。そっちで金額を決めろとは言ったが、はした金じゃ俺も納得しないぜ」

「上限の三百万出すわ。でも、それ以上は一円も上乗せできないわ」

「持ってきてるんだろうな」

「ええ」

「じゃあ、交渉成立ってことだな。部屋を予約してる。そこであいつを渡す。金はここで渡せとは言わないから、いちおう見せてくれないか」

美冴はバッグをあけ、封をした三つの束を見せた。

純子が戻ってきた。

「せっかく知り合いになったんだ。彼女と部屋で一時間ばかりいっしょに呑まないか。いやか」

徹は腰を下ろした純子に尋ねた。

「いえ、かまいません」

「よくこのホテルで過ごすんですってね。お金持ちのカップルね。羨ましいわ。ふたりのお部屋にお邪魔していいのかしら。だって、お熱いんでしょ」

「そんな……」

純子は恥ずかしそうにうつむいたあと、徹を恨めしそうにちらりと眺めた。

ツインかダブルと思っていたが、スイートルームだった。美冴は驚いた。若いカップルがラブホテルがわりに使うには贅沢すぎる。

ゆったりした寝室のほかに、むろん洒落たリビングもあり、テーブルにはサービスらしい深紅のバラの花が飾られている。

小さなカウンターバーもあった。

「あら……」

純子が耳朶を触って首をかしげた。

「バーのあの席で落としたのかしら。それとも洗面所かしら」

赤い服に合わせたルビーのイヤリングがないという。髪で隠れていたので、つけているということさえ美冴は気づかなかった。

「ちょっと探してきます。ほんの十分で戻ってきますから。特別好きなイヤリングじゃないからよかったわ。でもいちおう」

出て行った純子は、さして困ったふうでもなかった。

「三百万もらえれば助かる」

「どうせ、またあの女のために使うんでしょ」

「ああ、全部な。そっちに損はないだろ。ブランディでいいか」

カウンターでブランディを注いだ。

すっかり美冴は気を許している。

徹はふたつのグラスを持って、薔薇の花の飾られたテーブルについた。

「純子が戻ってくる前に、ひとまず乾杯」

グラスを合わせた。

「そして、純子が戻ってくる前に、悪女の唇にも一度だけキスをしたい」

フフと笑った美冴が、グラスをテーブルに置いた。

すっかり油断している美冴を、徹はソファーに押し倒した。

美冴は声をあげる間もなかった。

徹を押し退《の》けようとする手を躰で押えこみ、素早くゴム製のバイトギャグを填めた。

声を出せない美冴との激しい格闘の末、黒いレザーのジャケットを剝ぎ、ミニスカートを下ろした。

黒いインナーが現れた。ガーターベルト付きビスチェだ。

「ほう、さすがに女王様だ。今夜もどこかの女をこの姿でいたぶるつもりじゃなかったのか」

蹴上げようとする美冴の右足をつかみ、締まった足首に革枷を填めた。二十センチばかりの鎖がついている。本来ならもう片方の足首に填めるものだが、腿の内側に持ってきた腕の、右手首に填めた。右脚がくの字になった。

左手と左足首もひとつにした。

ひらいた股は腕が邪魔になり、閉じられない。滑稽なダルマだ。

まったく抵抗できなくなった美冴を、寝室に運んでベッドに放り投げた。

今度はダルマというより、股間丸出しのひっくり返った亀になり、ますます滑稽になった。ハイレグショーツに、スリット部分の形がピタリとついている。

美冴はなぜこうなったのかわからないでいた。

もがいている間に、ビスチェの細い肩紐は、両方とも肩から落ちていた。ブラ部分に締めつけられた乳房の谷間が深い。その谷間に汗が光っていた。

徹はリビングにあった美冴のバッグを持ってきて、美冴の目の前でひっくり返した。口紅や財布には目もくれなかった。コトンと落ちたキーホルダーに手が伸びた。六本のキーがついている。

「これは車だな。おまえの部屋のキーはどれだ。ちゃんと頷けよ。これか？　これか？」

残り五本のどれに対しても美冴は頷かなかった。

「さっさと質問にはこたえろよな」

美冴は自由を失っても、怒りに満ちた挑戦的な目を向けていた。

「いつまで誇り高い女王様の目をしていられるかな。俺の鍛えた手でその細い首を絞めりゃ、ションベン垂れ流して、ほんの何十秒かであの世行きだぜ」

目の前で首を絞める真似をすると、さすがに美冴はギョッとして怯えを見せた。

フンと笑った徹は、チェックインしたとき寝室のクロゼットに入れておいた大きな鞄を出した。それもまた、美冴の前でひっくり返してみせた。ロープ、首輪や乳房枷などの拘束具のほか、医療プレイ用の道具やバイブ、鞭などが、ばらばらと落ち、ベッドに広がっていった。

「昼間おまえと別れたあと、これだけ揃えたんだ。俺も変態の仲間入りをしようと思ってな。

で、店でにわか講義を受けたところによると、お遊びの鞭というのは先がいくつかに分かれてるんだってな。力が分散されて痛みが少ないって説明だった。一本鞭だと力が分散されず、肌をズタズタにするらしいな。それでこれだ」

徹は一本鞭を取った。

「あんたの躰で試してみようと思うが」

「うぐぐぐ……」

徹が鞭を振り上げると、美冴は大きな目をさらに大きくひらき、激しくかぶりを振った。ひっくり返った美冴の驚愕が真剣なだけ、徹の笑いを誘った。

インナーをつけているとはいえ、尻が軽く持ち上がり、股間は無防備に晒されている。ガーターベルトのサスペンダー付近だけ、肌が剝き出しだ。徹はその肌を狙って軽く鞭で叩いた。それでもピシッと音がして、美冴がくぐもった声を上げた。赤い直線模様が太腿についた。

「今度は本気でぶちのめすぜ」

「ぐぐ……ぐぐぐ」

鞭を振り上げると、美冴は身を庇うつもりか、躍起になって躰を横にした。そうしながら必死に総身でいやいやをした。

鞭に詳しいだけ美冴には痛みが想像できる。房鞭でさえ、本気で叩けば十分に苦痛を与えられる。まして、乗馬鞭で男の徹に打擲されるとなれば、その痛みは計り知れない。肉を引き裂いてしまうだろう。

「おまえの部屋のキーはどれだ」

三つめのキーで美冴が頷いた。

「ピティフルのキーもあるな」

また美冴が頷いた。

「オーナー室のキーはあるか」

すぐに二度頷いた美冴に、徹はフンと笑った。

「おまえは女好きらしいが、あの社長ともオマ×コした仲だろ」

ためらった美冴に、さっきよりほんの少し力を入れ、尻を叩いた。

「ぐ！」

「今も手加減したが、三度目からは本気でぶちのめす。覚えとけよ。社長とオマ×コした仲だな」

美冴がおびえた目をして頷いた。

「ブタ野郎。今夜は俺が社長のかわりにゆっくり遊んでやるぜ。道具もいっぱい買いこんだことだしな。十分ほど待ってな」

階下の喫茶店で待機している純子を、徹は電話で呼び戻した。そして、クルマのキーと美冴のマンションのキーを渡した。

「アルファGTVのキーってホント？　嬉しいな。えっと、リビングにアンティークな電話台があって、そのいちばん下に入っているものを全部持ってくればいいのね」

「ああ、そのシャネルの服、よく似合ってる。どこぞのお嬢さまらしい」

「ふふ、こんなバイトが毎日あればなァ。夢みたい。ほんとに全部もらっちゃってもいいの？」

純子は昼間、徹から買い揃えてもらった高価な衣装やバッグを撫でまわした。

小さな劇団に入っている純子は、シャネルの服と靴とバッグで、徹に言い含められた役を演じた。あとは、これから車でひと走りして美冴のマンションから言われたものを持ってくればバイトは終わる。

澄絵の声の入っているテープやいくばくかの破廉恥な写真が美冴のマンションにあるのは、澄絵から聞いた。美冴のマンションに何度か呼び出された澄絵は、引き出しをあけ、それを見せられているのだ。

「あの人は？」

「寝室で寝てる」

「ふふ、これからエッチするわけ？」

「さあな。鼻息荒い女だから、手を出すと引っかかれるかもしれないからな。じゃ、できるだけ早く頼む」

純子が戻ってきたら、今度は自分で閉店のあとの《ビティフル》に入りこみ、オーナー室に置いてあるという、やはり澄絵の自由を縛っているビデオや写真を持ち出さなくてはならない。

純子が出て行ったあと寝室に入ると、美冴はもがいていた。ついに手足の枷をはずすことはできなかったらしい。

「さあてと」

徹はわざと舌舐めずりしてみせた。澄絵を辱めた女に、その何倍もの屈辱を与えてやるつもりだ。

高価なインナーということは見ただけでわかるが、ハイレグショーツに鋏を入れた。

「ノーパンで帰るのがいやなら、代わりのものをちゃんと用意してやるからな」

舟底を確かめた。小さな染みがついている。匂いを嗅いだ。淫靡なメスの匂いがした。美冴が荒い息を吐いた。

「女王様はセックスのやりすぎでオリモノが多いんじゃないか。妙な病気を持ってるんじゃないだろうな」

せせら笑い、用をなさなくなったただの布片を床に放った。

ショーツさえなければ、あとはそのままでもよかった。ガーターベルト付きのビスチェをつけていても、尻と秘園を覆うものはなくなった。乳房が出るまでビスチェを引き下げた。

乳房は大きいものの、左右の腕に絞られて谷間がくっつき、縦長にひしゃげている。澄絵に比べると乳暈が小さく、乳首の色素はやや濃いめだ。

手と足をひとつにされているため、吊るされた狸のように丸くなっている美冴は、背中と尻を支点に総身をゴソゴソ動かすだけだった。

できるだけ太腿をせばめようとするが、すぐに腕ごとひらいてしまう。

柔肉を縁どった濃い恥毛の中心で、女芯がぱっくり口をあけている。もっこりした外唇の内側で、澄絵よりずっと色素の濃い花びらが舌を出している。スリットの下方の菊の蕾はキュッとすぼまっていた。

「むさくるしいオケケをあとで剃ってやる。その前に、いちどアレをやってみたい。ステージであの女の尻から透明な湯が出てきたのには驚いた。何回ぐらい浣腸を繰り返すと大掃除ができるんだ？　ん？」

総身を左右に振った美冴は、懲《こ》りずに枷から手足を抜こうとした。

「ふふ、それじゃ、何にも言えないな。試してみればわかることだ。はじめての経験を前にワクワクするぜ。臭いウンチをひり出されるのは趣味じゃないが、まずは汚いものを出してもらわないことには、オシッコのような湯も出てこないわけだからな」

獣医用の新品の太いガラスシリンダーを箱から出した。薬事法によってアダルト店では売っていないと言われたグリセリンは、教えられたように薬局から購入した。

「ぐぐぐ……」

ガラスシリンダーと五百ccのグリセリン瓶を見せられた美冴は、一気に動きを活発にした。

「そんなに尻を振って催促するなよ。何しろ、素人でな。ちょっと待ってくれ」

ハードマニアなら原液を使ったりもするが、普通は医療現場でも五十パーセントに薄めて使うことを徹は知らなかった。瓶から原液のままガラスシリンダーに吸い上げた。

「んぐ……うぐ……」

それを見た美冴は焦った。五十パーセントのたった三十ccのイチジクでさえ、慣れない者には強力だ。それを徹は原液でぐいぐい吸い上げている。

「うぐぐ……」

手足枷をはずせないなら、嵌口具を押しのけて徹の無茶を訴えるしかない。だが、美冴が躍起になって首を振りたて、叫ぼうとしているのをちらちら眺めながら、澄絵の仇《かたき》とばかりに徹はほくそえんだ。

汗をこぼしながら、言葉にならない声を嵌口具の狭間から絞り出し、美冴は尻と背中でベッドの上をずり上がっていく。移動したあとに汗の染みができるほど、美冴の全身は火のように熱く、汗まみれだった。

ガーターベルト付きビスチェからあらわになっている尻と秘芯が、ねっとりと妖しく光った。

二百ccのグリセリンを吸い上げた徹は、ずり上がったものの、ヘッドボードで行きどまっている美冴の太腿を押し上げ、嘴管《しかん》をズブリとすぼまりに突き刺した。

「うぐゥ……」

美冴の総身から、カッと汗が噴きこぼれた。

徹はぐいぐいシリンダーを押した。さほど時間をかけずに二百ccが注入された。

たちまち美冴の腹が音をたてはじめた。

「お、もう下痢の兆候かよ。ここでやってくれるなよ」

いかに効いているかがわからず、徹は暢気《のんき》にカメラを出して脂汗をこぼしている美冴の全身をいろんな角度から写した。

「ぐぐ……んぐ」

すぐにも排泄してしまいそうな激しい痛みと蠕動に、美冴は力のすべてを菊の蕾に集中させ、必死にすぼめた。

「トイレか。もう少し我慢するもんじゃないのか。まあ、いいか。まだ何度か洗うことになるんだろうからな」

美冴の追いつめられた心境など知らない徹は、大袈裟な女だと笑いながら、うしろから抱えあげた。それがそのまま女児の排泄スタイルになっていることで、徹はまた笑った。

便器に乗せられた美冴は、すぐさま菊花をゆるめた。それまで堪えていられたのが奇跡のようなものだった。

恥ずかしい排泄音に、さすがの美冴もがっくりとうなだれた。その姿も徹はカメラに収めた。

「これがいちばん下の引き出しに入っていたぶん。でも、不安だったから、上のあと二段のぶんも持ってきちゃった」

純子は舌を出した。

「じゃあ、車と部屋の鍵返すわ。これでいいの？」

「ああ、助かった。また、二、三日したら美味《うま》いものでも奢《おご》る。今夜は取りこみ中でな」

「あの人は」

「寝室で寝てる」

「ふふ、さっきとおんなじじゃない。何してるのよ」

「ちょっと変わったことをな。そうだ、この薔薇の花、持っていくか。部屋に飾れよ」

徹はテーブルの上の深紅の薔薇を花瓶から引き抜いた。

「サンキュー」

純子は薔薇を手に引き上げていった。

グリセリン原液での洗浄のあと、美冴を素っ裸にしてうしろ手にくくりなおした。ぬるま湯を何度か注入されて腸内を洗われ、精根尽き果てている美冴の秘芯と菊口に、徹はバイブを押し入れた。そして、それが抜けないように、バイブ固定用の革ベルトを塡めた。

嵌口具はとうに唾液でべとべとになっている。すでに声を出す力もないようだ。

うつぶせにして、足を人の字に広げ、ベッドの両脚にくくりつけた。

《ピティフル》に侵入し、澄絵から聞いていたオーナー室の机の引き出しから、澄絵をはじめ、数人の女の写真とビデオを盗んだ。泥棒でも侵入したように見せかけるため、あちこちの引き出しを引っかきまわしておいた。指紋を残さないために手袋は塡めた。

ホテルに戻ってきたのは午前三時を過ぎていた。

出かけるときのように、美冴はうしろ手にくくられ、うつぶせになって、足を拘束されたまま女園を丸出しにしていた。

「待たせたな。その格好も記念写真に撮っておこうな」

シャッターを切った。

「言っておくまでもないと思うが、俺のことはあいつらに喋るなよ。喋れば、情けないおまえの写真がばらまかれることになるからな。女王様の威厳も台無しになるぞ。ピティフルに侵入したのはどこかのコソ泥だ。よく覚えとけ」

房鞭で尻たぼを叩いた。派手な肉音がした。

「ぐ！」

双丘が硬直し、ぐいと谷間がせばまった。

「俺の気に入りの女には近づくなよ。俺は独占欲が強いんだ」

澄絵が継母だということは隠しておくに限る。《ピティフル》では、徹は本当の住所も電話番号も名前さえも明かしていない。後藤悟。それが徹の名前になっている。

足の拘束を解いてバイブ固定ベルトをはずすと、秘芯のバイブが濡れていた。菊花を貫いていた細いバイブを抜くと、すぼまりは赤くただれていた。

脚を閉じた美冴は回転してヘッドの方にずり上がり、半身を起こした。汗で化粧は斑《まだら》になり、口紅ははみ出している。何時間もバイトギャグを塡めているため、唾液が口辺から流れ出していた。

美冴は顎がはずれそうになっていた。男の前でも女の前でも威厳を保っていたというのに、こんな若い男に辱められたことが口惜《くや》しい。口惜しいがどうすることもできない。明日からの日々も不安だった。

昼間、いろいろな道具を買い集めてきたので、徹はとことんそれを使って美冴を辱めるつもりだった。だが、《ピティフル》にも侵入したし、一日の強行スケジュールのため、急に疲れを覚えた。

時間を共有した記念にと、美冴に革の貞操帯をプレゼントとして塡め、鍵をかけた。

「この鍵はフロントに預けておくから、帰りに受け取ってくれ。せっかくのスイートルームだからゆっくりしていけよ。どうせおまえがくれた金のなかから支払うんだ。チェックアウトは正午だ」

早ければ十分、遅くても三十分もすれば解けるだろうという感じで手首をくりなおし、金を持って部屋を出た。

3

美冴からくすねた三百万円で、家から持ち出した通帳の大部分の金を、徹は元に戻した。

志々目は慌てているだろう。《ピティフル》にコソ泥に入った日の午前中、あの店の近くの公衆電話から、志々目の名を名乗って、泥棒が入ったとわざわざ警察に電話しておいた。志々目が何も知らないうちに、警察がオーナー室を調べただろう。それでどうなったかわからないが、想像しただけでおかしくなる。

「もう大丈夫だ」

不安な面持ちの澄絵に、徹はテープやビデオを広げてみせた。

澄絵が徹のマンションにひとりでやってきたのは、それがはじめてだった。

「継母さん、安心しろ」

「継母さんなんて呼ばないで……」

親子の仲を越えてしまった徹を、澄絵は眩しそうに見つめてうつむいた。

「継母さんじゃなく、澄絵とでも呼ぶのか。親爺の前で口を滑らせたら大変だろう。これからも継母さんだ」

それから、勇一郎の目を盗んで忍びあう仲になった。

うしろ手胸縄のいましめを受け、白い餅のような乳房を上下の赤い縄で絞られた澄絵は、泣きそうな顔をしていた。

「継母さんには、洋服より着物、着物より」

ひとり住まいのマンションのベッドで、徹は澄絵を眺めて唇をゆるめた。

以前はひとりだけで徹のマンションを訪れるようなことはなかった澄絵が、勇一郎に秘さねばならない仲になってから、頻繁に訪れるようになった。

「フフ、着物より縄の方がもっと似合う」

乳房は痛々しく横長にひしゃげている。

澄絵の肌を縄で自由に締め上げられるようになるまでには、時間がかかった。

今でも、どことなくぎこちないと自分で思っている。だが、最初のころに比べると雲泥の差だ。

大きな乳暈から立ち上がっている乳首が、すでにコリコリと堅くなっている。子供を産んだことのない淡い色の乳首は、人妻のものというより、若い未婚の女のもののようでまだういういしい。

徹はその果実を引っ張った。

「あう」

ただでさえ泣きそうな顔をしていた澄絵が、眉間の皺を深くした。

「なぜ乳首が堅くなってるんだ」

澄絵は半びらきの口を動かせないでいる。

凧糸《たこいと》を目の前に突き出して見せた。

コリッとしている乳首の根元に巻きつけた。

「いやっ」

巻きつけられただけでズクリとした。澄絵は腰をくねらせ、突き出した胸を左右に振った。

糸がはずれた。

その乳首を、すぐさま徹はつねりあげた。

「ヒッ！」

「動くなよ」

また乳首に凧糸を巻きつけ、結んだ。小さなころりとした果実をくくっているだけで、徹の肉棒は疼いた。両方とも一本の糸でくくった。

糸の中央を引き上げると、澄絵は切なそうな目をして口をあけた。

堅くなるだけ堅くなっていたような乳首が、さらに堅さを増し、根元を凧糸に締めつけられていた。

「堪忍……はあっ……あう」

ひくひくと引いて弄ばれるたびに、疼きは秘芯を犯し、蜜を溢れさせていく。

ベッドの上で正座していた澄絵は、いつしか膝を崩していた。足指の先をこすり合わせた。

糸を引かれるたびに、喘ぎ、胸を突き出した。

糸を引きながら、徹の片手は翳りに囲まれた合わせ目を探った。

「ああっ……」

太腿がキュッと合わさった。三角州にねじるようにして指をこじ入れた。驚くほど濡れている。会陰もその奥のすぼまりまでも蜜でまぶされていた。

「もうこんなに濡れてるのか。なんて継母さんは淫乱なんだ」

デルタから指を引きあげ、濡れた指先を澄絵の目の前に突き出した。

顔をそむける澄絵の目を追って指を動かし、淡いピンクのルージュを塗った唇に押しこんだ。

「どんな味がする？」

やや塩辛い蜜を舌に感じたが、澄絵は何も言えなかった。

うつむくと乳首の糸を引かれ、あっ、と喘いで顔をあげた。

「継母さんはいつも黙りこむんだ。恥ずかしくて言わないんじゃないだろう？　お仕置されたいんだ」

ちがうというように、澄絵は首を振った。

「嘘つきな継母さんに、きょうはどんなお仕置をしようか。これを放したら許さないぞ」

乳首を結んだ凧糸の中心を口に押しこみ、白い歯で噛ませた。

さまざまなバイブも使うようになっているが、円柱形の化粧水のガラス瓶を取った。

ここだけを澄絵とのプレイの場所にするようになって、風呂上がりの澄絵が使う化粧品の一式はいつも置いてある。そのひとつだ。

ガラス瓶を横座りのデルタにこじ入れた。

「ぐ！」

何とか糸を咥えたまま、澄絵は尻をずらした。瓶の冷たさに鳥肌が立つ。

尻がずれていくだけ、徹は強く押しあてた。

瓶の丸い底が肉のマメや花びらだけでなく、聖水口や秘口の粘膜も覆った。その底が、押し当てられるだけでなく、捻られながら、つんつんと強弱をつけて押してくる。

声をあげたいが、糸を噛んでいることで鼻から声を洩らすしかない。冷やされたことで尿意も近くなった。

「く……んんっく……」

真っ白い二列の歯が、きっちりと噛み合わさっている。糸を放すまいとして声をあげるので、唇だけが広がる。横に広がる口辺がぴくぴくとしていた。

「んく……んんく……」

卑猥な動きと冷たい感触に、澄絵はいやいやをした。

ぐいと瓶を押したあとデルタから引いた徹は、底がぬるぬるしているのを確かめた。

「継母さんのいやらしいオマ×コが催促してる」

瓶底の蜜を、糸で絞られ尖っている乳首になすりつけた。

敏感すぎるほど昂まっている果実の先を触れられ、澄絵は、あっ、と声をあげた。噛んでいた糸が落ちた。

「どうして放したんだ。もっと乳首にお仕置してほしいのか」

くぼみを持った銀色の錘《おもり》を、乳房の間でU形にたわんでいる糸に巻きつけた。手を放すと、これまでと逆に、堅い果実は下に引っ張られていった。

「あはっ……いやっ……いやよ、はずして……」

口で噛んでいたときとちがい、果実の根元が錘の重さで容赦なく締めつけられる。ぐいぐい引っ張り下ろされていき、乳首が伸びていくような恐怖に駆られた。

胸を振った。錘が揺れるだけで、いっそう乳首に負担をかけるだけだった。

「いやっ。はずして。ああ、いや」

錘がブラブラと揺れた。揺れるのがわかっていても、澄絵は上半身をくねらせ、乳房を動かした。

小さな果実だけをいたぶっているというのに、徹には快感だった。小さな錘をもうひとつ糸に巻きつけた。

もげそうなほど乳首が下がった。

「許して！　徹さん、お願い！」

重心を下げている糸を、さらに指で軽く引いた。

「ああっ！　痛い」

「何でもするか」

「ああっ、はい」

徹は錘を取り、凧糸をはずしてやった。

乳暈ごと下がっていた哀れな乳首が、ゆっくりと元に戻っていった。

「何でもすると言ったな。足を広げて、俺がしたように、この瓶をオマ×コに押しつけてオナニーしろ」

「いや……」

「何でもすると言ったろ！」

うつぶせに押し倒した。

うしろ手にいましめを受けていることで起き上がれず、芋虫のようになっている澄絵は、回転して仰向けになろうとしていた。その尻に、ハードな方の九尾鞭を振り下ろした。

「ヒッ！」

回転できないまま、澄絵は弓なりになった。いつものソフトすぎる房鞭とちがうことは、鞭が肉を打ったその瞬間にわかった。

冷たいガラス瓶が女園に押しあてられたときから、澄絵は尿意を感じていた。鞭で打たれたとき、ふっと聖水口がゆるみ、わずかに小水が洩れた。鞭の堅さと、わずかとはいえ小水を洩らしてしまったことに、澄絵は焦った。

徹は真っ白い豊かで誘惑的な尻たぼを見ると、なぜかいたぶりたくてたまらなくなる。

それほどなめらかできれいな双丘を持っていながら、その谷間に咲いているスミレ色の花は、日ごとに貪欲になっていく。それがわかっているから、よけい辱めたくなってしまう。

二打めを放った。

「あうっ！」

聖水をまた洩らしてしまった澄絵は、必死に回転して仰向けになった。

「許して！」

「尻がいやなら太腿か」

「おトイレにいかせて！　ね、徹さん」

真剣な表情をした澄絵は、ぐっと太腿を重ね合わせている。

「なんだ、オシッコか」

恥ずかしさに赤くなりながら、澄絵は頷いて目を伏せた。

徹は喜々とした。いつもは監視しながらトイレや風呂場でさせるが、今度は渋滞した道路などで使う携帯用のミニ便器を使わせたいと用意しておいた。

ぴたりと口を秘芯につけ、ゴム袋のなかにする。あとはゼリー状に固まってしまう。男女兼用のものだ。

溲瓶《しびん》のようなミニトイレを見た澄絵は、それが何かわかり、いや、と首を振った。

「だったら、タオルを敷いてやるからこのまま洩らしたらどうだ」

「意地悪しないで。ね、おトイレに行かせて」

「これがいやならするな」

ミニ便器を放った徹は、乳房をつかんで押し倒した。そして、唇を塞いで口のなかを舐めまわした。

トイレに行くことだけを考えるようになっている澄絵は、顔をそむけて徹から逃れようとした。躰を重ねている徹に、膀胱周辺が押れている。聖水口がゆるみそうだ。

耳朶を嚙み、息を吹きかける徹に、澄絵の総身がざわめいた。

徹は汗ばんだ継母の顔を舐めまわしながら、哀訴している弱々しい瞳を見つめた。

秘園に指を這わせると、じっとり濡れている。蜜だけでなく、小水も混じっているのかもしれない。澄絵が洩らしたことを知らない徹でさえ、そんな気がした。

膀胱を故意に押した。

「あ……やめて」

またわずかに洩らし、慌てて聖水口を堅く閉じた。

「あれを当てて。お願い」

こんなところで洩らすよりましだ。

「あれか。じゃあ、化粧瓶でオナニーするんだな」

頷くしかなかった。

いやがる澄絵を、小さな丸テーブルに乗せてしゃがませた。楕円の口をぴたりと秘園にくっつけた。

「しろよ」

見上げる徹に、澄絵は喉を鳴らした。すぐに聖水口をゆるめていいのだとわかっていても、なぜかそうすることができない。

テーブルにしゃがんでいるだけでも屈辱だ。下から眺める徹には、恥ずかしい女の器官が丸見えだろう。

「しないのか」

袋を離した。絹豆腐のような太腿の間で、淡い翳りが震えている。その内側の花びらも、そのまた内側のパールピンクの粘膜も、会陰さえも濡れて光っていた。

「できないの。おトイレでさせて」

膀胱が破裂しそうなほど膨らんでいるのに、なぜ小水は出てこないのだろう。

「できないはずがないだろ」

綿棒を手にした徹は、下から眺めているだけではよくわからない密やかな聖水口を探って、デリケートすぎる粘膜をあちこちつついた。

「はああ……だめっ……しないで」

うまく命中したのか、尻がくねった。

「ココか。したいオシッコが出ないというのは、ココに何か詰まってるんじゃないのか」

つつく綿棒の先が、そこら辺の水分を吸って膨らんだ。

うしろ手胸縄のいましめをされたままの澄絵は、爪先立ててしゃがんでいた。腰を動かすのでバランスを失い、ぐらりとしては上半身を立て直す。立て直したちょうどそのとき、綿棒の先が聖水口に入りこんだ。

「あう！　出る。徹さん、当てて。早くっ！」

「しろ！」

楕円の縁を当てた瞬間、シャッと恥ずかしい音をたてて、聖水が迸《ほとばし》り出た。

溲瓶型の柔らかい器は、みるみるうちにその形を膨らませ、重くなっていった。

限界まで我慢していただけに、量が多く、勢いも激しかった。

「こぼれるかもしれないな」

呆れ返っている徹に、澄絵は火が出るほど恥ずかしく、耳朶まで真っ赤になった。

こぼれる寸前に何とか小水は止まった。重いミニトイレを女園から離すと、会陰を伝った雫《しずく》がポトリと垂れた。

拭いてと哀願する澄絵に耳を貸さず、ベッドに運んで倒した。濡れそぼっている秘園に顔を埋め、犬のように舐めまわした。アンモニアの匂いがする。わずかに塩辛い。

「いやっ！　ばかっ！」

脚を閉じようとして閉じられず、諦めたものの恥ずかしくてならず、澄絵はベソをかいた。

小水の名残を清めた徹は、ようやくいましめを解いてやった。

澄絵は大きく息を吐いた。この解放感は、着物を堅く着付けて帯を解いたときほっとする、そのときの解放感にも似ていた。

乳房の上下についた縄目が、徹には愛しくてならない。手首にもついている縄目を、澄絵が揉んだ。

化粧水の瓶を澄絵に差し出した。澄絵はすぐに受け取ろうとはしなかった。

「淫乱な継母さん。ひとりでいるときに、いつも指やバイブで遊んでるんだろ。見たんだ。二日前、ベランダから」

その日、驚かせるためにそっと忍んでいった徹は、寝室でオナニーしている継母を見た。

結局、そのまま顔を出さず、興奮しながらオナニーを最後まで見物し、マンションを出た。盗み見たことを隠しておけば、また近々見られると思った。

「ベッドの背に躰をもたれて、脚をMの字に立てて、太いバイブをオマ×コに入れて出し入れしてた。それだけじゃない」

「いやっ！」

にやりとした徹に、澄絵は顔を覆っていやいやをした。

「右手はバイブ、左の指は」

「言わないでっ！」

あまりの恥ずかしさに、澄絵はとうとう躰を伏せてシーツに顔を押しつけた。

「左指はうしろに入れて動かしてた。そうだよ、継母さんはアヌスにまで指を入れてオナニーしてたんだ。何て恥ずかしい女なんだ」

「いやいやいやっ！」

耳を押えて躰を揺する澄絵に、徹は発情した。

「変態継母さん。僕がこれほど頻繁に恥ずかしいことをしてやってるっていうのに、それでも足りずにひとりであんなことをしてるんだ」

化粧水の瓶を、うつぶせている澄絵の秘園にうしろからくぐらせた。

冷たいガラス瓶が、割れた柔肉に、縦にぴたりとはまった。クリトリスや花びら、割れ目などが、冷たい刺激で疼いた。

澄絵が逃げないように、徹は腰を押えつけた。それから、感じすぎる大事な性愛器官となってしまった澄絵の菊の蕾に指を差しこんだ。

「くっ！」

菊口が指を締めつけた。

「約束だろ。化粧瓶でオナニーしろよ。腰を動かせよ。継母さんの大好きな冷たい瓶じゃないか」

菊花に埋めた指を出し入れして責めたてた。

「ああっ……徹さん」

澄絵の腰が、縦になっている瓶に沿って、頭の方から足元へ、足元から頭に向かってゆっくりと動きはじめた。

秘芯をこする心地よいガラス瓶の刺激と、アヌスを犯している徹の指に、澄絵は泣きたくなった。

「徹さん……私を嫌いにならないで……恥ずかしい私を嫌いにならないで……」

汗でねっとり光りながら動いている澄絵の背中や白い脚は、妖しげな白蛇のようだった。

この作品は一九九四年三月フランス書院文庫より刊行された『濡れた下着の継母』を改題したものです。

幻冬舎文庫

●最新刊
やさしい春を想う
銀色夏生

〈やさしい春を想う　心は風になる　静かな　静かな　落ち着く場所　ここでは愛さなくてもいいんだね〉強さと繊細さ、そして可笑しみをたたえた、銀色夏生のイラストと物語と詩の世界。

●最新刊
小林賢太郎戯曲集
home FLAT news
小林賢太郎

一度観たら必ずハマる、鋭敏な言葉、独特なリズム、予測不能な世界。どこにもない新しい「笑い」を緻密に構築するコントグループ「ラーメンズ」のロングセラー戯曲集、待望の文庫化。

●最新刊
マイウェイ
わたしが自分のお墓を作ろうと思った3つの理由
斎藤綾子

パチンコ依存症の宮井涼子は、三十七歳になる独身ポルノ作家だ。ある日フトしたきっかけで死後の不安にとりつかれてしまい、自分のお墓を作ろうと決意する。はてさて、その結末はいかに？

●最新刊
ももこの21世紀日記
N'03
さくらももこ

地球でしかできない体験をするために私たちは生まれてきました。天災も多かった激動の2002〜3年。色々大変なことが起こっても、毎日を大切に生きていきたいものです。絵日記・文庫版！

●最新刊
眉山
さだまさし

母はなぜ自分に黙って献体を申し込んだのか？母の命が尽きるとき、娘は故郷・徳島に戻り、毅然と生きてきた母の切なく苦しい愛を知る。『精霊流し』『解夏』に続く、感動の長篇小説。

幻冬舎文庫

●最新刊
世界は「使われなかった人生」であふれてる
沢木耕太郎

「使わなかった！」と意識したとき、初めて存在するもうひとつの人生。あのとき、別の決断を下していたら——。スクリーンに映し出される人生の機微を抑制の利いた筆致で描く全三十編の映画評。

●最新刊
雁の橋(上)(下)
澤田ふじ子

丹波・篠山藩の勘定奉行所に仕える父が謎の失脚をし、母妹とともに殺された理由とは何だったのか？　数奇な家運に翻弄される「運命の子」雅楽助の成長を描く、感動の長編時代小説。

●最新刊
スタア
清水義範

30歳の元アイドル歌手・高杉今日子に、ヌード写真集の話が舞い込んだ。これは人気復活のきっかけ？　それとも、芸能生活の終焉？　アイドルの日常を赤裸々に描く、リアル・フィクション。

●最新刊
海の時計(上)(下)
藤堂志津子

三十歳の水穂には三つ上の姉、離婚し恋に生きる母、そして共に暮らす祖母がいる。女四人家族の人間模様と恋愛観を、札幌の四季の流れにのせて描く大河小説。藤堂流感動人間ドラマの真骨頂！

●最新刊
爆笑問題の日本原論3　世界激動編
爆笑問題

9月11日の米同時多発テロが起きた瞬間は、世界中のコメディアンが口をつぐんだ瞬間でもあった。あの〝世界一笑えない事件〟を爆笑問題はどう語るのか？　太田光執筆の日本原論第三弾!!

GENTOSHA OUTLAW BUNKO

継《まま》母《はは》

藍川京《あいかわきょう》

平成19年4月10日 初版発行
平成30年12月10日 2版発行

発行人――石原正康
編集人――菊地朱雅子
発行所――株式会社幻冬舎
〒151-0051東京都渋谷区千駄ヶ谷4-9-7
電話 03(5411)6222(営業)
03(5411)6211(編集)
振替00120-8-767643
印刷・製本―図書印刷株式会社
装丁者――高橋雅之

検印廃止
万一、落丁乱丁のある場合は送料小社負担でお取替致します。小社宛にお送り下さい。

幻冬舎アウトロー文庫

ISBN978-4-344-40950-7 C0193 O-39-18

幻冬舎ホームページアドレス http://www.gentosha.co.jp/
この本に関するご意見・ご感想をメールでお寄せいただく場合は、
comment@gentosha.co.jpまで。